風格練習

雷蒙・格諾 著　周丹穎 譯

EXERCICES DE STYLE

Raymond Queneau

《風格練習》效應[1]

埃曼紐爾・蘇席耶（Emmanuël Souchier）　周丹穎◎譯註

雷蒙・格諾（Raymond Queneau）的《風格練習》時常被認為是次要的作品，一部難以歸類、位於文學邊緣的作品。然而這些練習獲得的廣大迴響，卻反而展現出它們是當代文學最生動活潑的表現之一。為什麼這部作品的「學院評價」和其「在社會體[2]中被接受的情況」之間，會有如此大的落差？《風格練習》獲得的成功，難道不正是因為它不僅僅是一部「作者的作品」，也是——或者說更是——一部真正的「讀者的作品」？一部超越理論，並確實改變了作者、文本和讀者三者之間的關係的作品？

為了使這個文化現象更容易理解，我將把重點放在此文本的出版史上，然後關注它多種不同的變形，和它在社會體中的流通。最後我將試著探究格諾所謂的《風格練習》「效應」，以便釐清這部作品的獨特地位。這種「效應」似乎深深影響了二十世紀的文學。

《風格練習》的出版史

我先介紹文本的出版史，這可分成兩個主要時期。第一個時期，乃關於第二次世界大戰期間格諾在雜誌上發表的練習，顯露出作品深植於歷史與政治的面向。第二個時期以一九六〇年創立的烏力波（Oulipo）潛在文學工坊為代表，標記了格諾人生與創作的轉捩點。

抵抗運動[3]的精神

《風格練習》誕生於二次世界大戰之中，其發表過程的特殊之處，正如同諾埃爾·阿諾非常貼切指出的，在於深受「抵抗運動的精神」影響[4]。一波接一波，格諾在一九四二年五月和一九四四年七月間，撰寫了不同系列的練習。他在一九四三年到一九四五年間，陸續在四本親抵抗運動的雜誌上，發表了這第一批大約五十多則的練習。

二戰勝利後，「一九四六年的夏天，在索格河上的伊勒鎮（Isle-sur-Sorgue）」，格諾又再寫了五十三則練習。全部練習經重新剪裁，成為一九四七年出版的《風格練習》。這個原始版本應作者要求，「簡簡單單地」（無序、無評論、除文本外再無其他）[5]收錄在伽利瑪出版社的「『白叢書』[6]中」。

一九四二年，格諾是伽利瑪出版社「審稿委員會的主席」，身處由「雙重獨裁」——占領巴黎的德軍勢力及附敵的維希政權（Régime de Vichy）——支配的政治和歷史背景下。他獨自住在巴黎，與為了安全起見，逃亡到「自由區」[7]的妻子賈寧和兒子分隔兩地（賈寧·康 Janine Kahn 有猶太血統）。自一九四三年起，他被指派留在伽利瑪出版社，服維希政權按納粹德軍要求而設的強制勞役[8]。

格諾雖積極地參與全國作家大會（C.N.É.），一個文學抵抗運動的組織[9]，他的政治參與還是最清楚地體現於他在出版上的實際行動。在這段德軍佔領期間，他拒絕為維希政府和占領軍的出版品出力，並只將自己的創作交給親抵抗運動的報紙或雜誌發表。因此《風格練習》中的某些練習，在最初發表時的歷史背景下，帶有這些刊物的政治性標記。

「烏力波」精神

《風格練習》第二個時期的變化，在「烏力波潛在文學工坊」創立前後，分兩波發生。這變化可說是「影響力的發揮」與「具象徵性地受肯定」之間，產生了交互作用。

由法蘭索瓦·勒里昂內[10]與雷蒙·格諾於一九六〇年十一月創立的烏力波潛在文學工坊，最初是十幾個朋友組成的小團體，成員有作家、畫家和數學家。烏力波工坊企圖就選定的某些限制條件，來創造介於文學和數學之間的、詩歌或小說的新形式。

烏力波成立一年後，將其第一本集體創作作品集題為《潛在文學練習》（*Exercices de Littérature Potentielle*），藉此向格諾的作品致敬。格諾在其中發表了兩則練習，分別是〈仰泳蝽〉（*Notonectes*）和〈雞蛋〉（*Œufs*），以「S＋7勒斯庫爾法」撰成[11]。此創作方法也趁此機會被介紹給讀者。《風格練習》以及在其上的格諾個人形象，在正萌芽的烏力波中扮演了為其正當性背書的角色。

其後，由於一種象徵性濃厚的反饋，烏力波反過來在格諾的作品上發揮了影響力。一九六三到一九七三這十年間，格諾大幅修改了《風格練習》。因受到「新方法」的啟發，他刪除了他認為「過時或不適當」的練習——事實上也就是那些則帶有太明顯的政治色彩的。他以「修辭上較為精巧」，甚至「技巧性更高」的新文本，來取代這些「過於初級」的練習。其中八則練習改換了標題，其他六則練習則由受烏力波啟發的新創作取代。格諾藉呈現這些改變的一九七三年的新版本，讓自己的作品烙下了烏力波的印記。這個經作者修訂的新版本，之後被收進 Folio 口袋版叢書，接著又躋身七星文庫（Pléiade）之列[12]。本書亦以此版本為基礎。

《風格練習》在第一個出版時期深植於政治與歷史的面向，因而讓位給文學上的行動：作者將他的作品置於更廣泛的「隨機組合文學」[13]運動之中。

然而，在這個智性上的變化過程中，《風格練習》流通的情況其實更為複雜一些，而這乃是因為不同版本先後出現的緣故。

一個書名，兩部作品

一九六三年，伽利瑪與法國書籍俱樂部（Club Français du Livre）出版社共同發表了由馬桑（Massin）和卡禾曼（Carelman）繪圖的插畫版。當時是伽利瑪美術總監的馬桑，延續著皮耶・佛榭[14]的風格，為格諾的文本創造了字體插畫。卡禾曼則另以「繪畫、素描或雕塑的風格練習」，來呼應格諾的文字。這個插畫版於一九七三年原封不動重新出版，並於一九七九年再版時增添了卡禾曼的十二張插圖（原版有三十三張，新版增為四十五張）。文字則無變動，與一九四七年的初版相同。

我先前提過，格諾於一九七三年修改了這本著作，在伽利瑪出版社的「白叢書」發表了經烏力波啟發而有所轉變的新版。兩個文字不同的版本因而並行上市，一個是展現了新風貌的白叢書版《風格練習》，另一個是文字與初版相同的插畫版。

兩個版本竟同時在市面上流通。換句話說，這是當代出版史上極為少見的實例。讀者可同時擁有一部作品的兩個不同版本，而兩者更分別對應了格諾兩個不同的「智性時期」：插畫版仍標記著「抵抗運動的精神」，而一般常見的叢書（白叢書版，後收入 Folio 口袋版）中的另一版本，則與「烏力波精神」相結合。前者表現了第一個寫作時期格諾的政治參與，後者肯定了《風格練習》根植於文學和形式實驗的面向，此為格諾創作經多年熟成後的特徵。

然而，這兩個版本同時流通於市面的獨特之處，卻與文學無關，起因乃是出版上的經濟考量。格諾曾考慮過為最終定版的《風格練習》（1973）出插畫版，為此他曾重寫了書序。然而新插畫版必須將馬桑設計繪製的所有版面重製，這道工序將使出版費用過於高昂。

因此，出版、技術和經濟上的條件限制，也連帶改變了這部作品在智性與美學上的接受情況。

《風格練習》在社會上的流通與各種變形

對格諾來說，《風格練習》的命運始終令他困惑而不知該作何感想。作品問世的時候，「並未引起任何迴響」。這樣冷淡的反應似乎證實了作者最初的憂慮。他將手稿交給加斯東·伽利瑪[15]時，曾在信上如此寫道：「這本新書讓我焦慮得絞成一團」。然而二十五年後，他回顧這本書的接受過程時，觀點則大有轉變：「這本書在一九四七年出版，當時完全沒引起任何注意。直到幾個月後，一篇埃米爾・翁里歐（Emile Henriot）的文章才讓讀者注意到它。之後伊夫・侯貝（Yves Robert）將它改編成劇場表演。一九五六年是佛榭，十年後是馬桑，他們為它做了多種字體設計，而卡禾曼畫了插圖。最近，這本書有時好像也發揮了它的教學功能——當我回想起它初問世時大眾的無感，這後來的一切，都是我未曾預料到的。」

《風格練習》的幸運之處，特別在於它超出了一般慣常的文學空間，延伸到各種藝術、傳播、媒體或廣告的領域，並由於種種獨特的挪借再創，有別於其他文本：學校課堂上、寫作工作坊中的教學實踐或創作練習、網路上個人或集體的改寫……

於是我們可以想想，《風格練習》的種種變形和在社會上的流通，在某種程度上是否也屬於作品本身的一部分？不同的幕後推手、讀者和中介者——其中藝術家、劇場人、譯者及教師扮演了要角——難道不是因他們「親手」改編這部作品，而造就了它的成功？

這樣的文化接受過程，我想從三個面向來闡述：不同媒介的變形、挪借再創的實例和商業性的用途。

不同媒介的變形

除了報章雜誌上的書評，《風格練習》這部作品的光環，更因劇場改編而擴大。鮑希斯・維昂曾如此介紹其中最有名的改編：「雷蒙・格諾一九四九年在紅玫瑰小酒館劇場（La Rose rouge）以《風格練習》獲得了極大的成功。《風格練習》由伊夫・侯貝改編，且由劇團裡出色耀眼的賈克兄弟（Frères Jacques），以無比的活力與令人驚異的喜感領銜主演。《風格練習》首演時，所有觀眾都回頭看是誰笑得那麼大聲：那正是雷蒙本人，真誠無欺地著了他自己的道。」[16]。這個劇場改編的確非常成功，當時演出超過百場。其後，許多朗讀會及電台音樂改編也接踵而來。

一九五四年十一月，賈克兄弟出了一張《風格練習》專輯，在伽利瑪出版社辦了一場社交雞尾酒會。格諾為此撰寫了兩則應景的練習，刊登在《藝術》雜誌（*Arts*）上。一九六〇年代起，業餘或專業的劇場改編如雨後春筍般出現。不管在法國或國外，有些演出甚至在電台或電視上轉播。劇場、廣播、電視等媒介都有《風格練習》的蹤跡，唯有電影改編計畫不曾真正問世。反過來說，從皮耶・巴斯田的音樂機器，到馬特・馬登創作的烏巴波（l'Oubapo）系列漫畫，其他所有的藝術領域都曾為《風格練習》投注心力[17]。所有的表達媒介或媒體，都曾提出它們本身呼應格諾作品的不同練習。

出版工業也不遑多讓：佛樹（1956）、加部里葉・巴黎（Gabriel Paris, 1961）還有馬桑和卡禾曼

（1963-1979）[18]的各種插畫版，在市面上推廣了這部作品。一九八二年《風格練習》Folio 口袋版上市，幾種附帶著詳盡作品介紹的版本也接連問世；二〇〇二年，伽利瑪出版社的青少年叢書（Gallimard-Jeunesse），透過由插畫創作主導的精裝版，重新推出此作[19]；七星文庫版則於二〇〇六年出現……

除此之外，這部作品也因許多不同的譯本廣為流傳：自從芭芭拉・瑞特（Barbara Wright）一九六〇年英譯此書後，《風格練習》至今已有超過三十多種語言的譯本[20]。希臘文譯者阿奇里亞斯・奇里亞奇地斯（Achilleas Kyriakidis）曾語帶幽默地指出，「《風格練習》恐怕是文學史上唯一一本會被忠實翻譯背叛的書。」；斯洛維尼亞文譯者亞歷斯・貝格（Aleš Berger）則代表其他譯者發出了他們共同的心聲：翻譯此書帶來了「巨大的喜悅」，是一種獨一無二的、將創作語言置於溝通情境而能直抵存在的經驗[21]。無名的「（勞）作家們」（écriverons）[22]，將他們自創的練習寄給格諾時，也曾感受到相同的樂趣。

格諾不但讓人讀他的文本，更讓人盡情戲耍，這是文學一般來說拒絕給予的：一個讓讀者能自己再創他每天都說的語言的過程。日常口語（langue vernaculaire）在此成為了所有人的文學**書寫**（écriture）園地。

安伯托・艾可的義文版，則介於翻譯與自我再創文本之間，混合了抵抗運動和烏力波兩個時期的練習。艾可把作者從定版中刪除的「反動練習」（*Réactionnaire*）放回義大利文譯本，取代其中他認為不適合譯成義文的〈肉販行話〉（*Loucherbem*），並未考慮到作品的歷史性，也未顧及他承認自己不清楚的作者意圖[23]。他的做法，重劃了翻譯、改編和自我再創原文本三者之間的界線。

挪借再創的實例

《風格練習》帶有遊戲趣味和教學功能的特質，使它超越了文學作品一般的接受場域，廣為流傳。而這點也多虧了技術、文化和社會上分外有利於它的可能條件。

格諾在寫自序時，曾提到他「有時會收到一整班學生寄來的、極有創意的練習」。作者尚在人世時，《風格練習》便已展現出它作為非常有效的教學範例的特質。各級學校是最先重開以發掘遊戲性與樂趣作為教學目的的寫作工作坊的機構之一。這類寫作工作坊，獲六〇年代初起各種教育普及運動的支持，漸漸在其後數十年間擴及到文化界和業界。這段期間同時也是烏力波開始奠定名聲的時期。不過，對各方來說，《風格練習》始終是一部具指標性的作品。沒有任何一個寫作工作坊、課程或教學範例不藉助於格諾這部著作的。

《風格練習》在教學法和創作上的優異效果如此受到矚目，以至於亨麗．阿岡蝶（Henrique

Harguindey）與荷賽・曼紐・帕索斯（Xosé Manuel Pazos）在一九九五年出版了一部僅以此書為基礎寫成的加利西亞語教材[24]。這不僅是一種認可，更是一種真正的經典化成果。教師們擁有使文本在廣大讀者群間流通的顯著權力。羅蘭・巴特曾表示：「文學，是那些被教授的文本。」[25]。若我們從《風格練習》在教學上的運用來看巴特的聲明，便會覺得所言不虛。

如果說學校、寫作工作坊和烏力波三者因《風格練習》實地相遇了，格諾的作品同時也在網民身上獲得非常正面的迴響。烏力波和隨機組合文學的表現，結合了**技巧**（文學和出版上的巧思與配置）、**科學**（數學和隨機組合）以及傳統的**人文教育**（文學）三個面向[26]。對某些網民來說，這是一種很習以為常的想像；他們挪借並再創格諾作品，使之成為他們最偏好的文化參照之一。

《風格練習》在網路上獨特的存在，只有這種媒介容許的多樣表現手法可匹敵。網民重新創造了挪借、複製、改編、插寫、改寫等奪胎換骨的手法，並加之以發表與傳播的實際操作。《風格練習》百科全書式的寫作計畫，懷有達到「法文的一種新境界」的宏大企圖，這點在這些新時代的抄寫員身上，得到了有利的迴響。文字遊戲的隨機組合面向，與網路媒介允許的書寫／再書寫的彈性，都使這部作品更輕而易舉地變形。在網路上引用《風格練習》，不但超越了遊戲的快樂，更已成為一種社群歸屬感的表徵，而借用此書的形象，則是一種再正當不過的標記。

商業性的用途

格諾在序文的手稿裡，曾在種種造就了《風格練習》之「成功」的其他創作間，提到了「廣告邀約」。「廣告邀約」這個說法很清楚，但格諾隨後改變了想法，將它改成「可能的廣告運用」。然而這些廣告「邀約」始終停留在計畫階段，從未面世。

在《風格練習》的檔案[27]裡，格諾仍然保留了兩個廣告計畫。其一是為《離場或加碼》（*Quitte ou double*）這個二戰後收聽率名列前茅的電台節目撰寫的。《離場或加碼》由查皮麥克斯（Zappy Max）主持，盧森堡電台（Radio Luxembourg）播放（1948-1957）。洗髮精品牌托普（Dop）決定藉由電台——當時閱聽率最高的媒體——行銷產品，於是成為了這個節目的贊助商。每星期一晚上八點到八點半，參加托普電台歌唱擂台的競賽者，由現場觀眾以呼喊「Dop, Dop, Dop, il est adopté par Dop !（托普、托普、托普，他託托普的福勝出！）」這句口號選出優勝者[28]。格諾按廣告商寫的腳本，把這句口號寫入他的練習。

電台節目在聽眾身上獲得空前的成功，而洗髮精製造商選中格諾的《風格練習》，並非只因看上文本的變體（variations），同時獲得青睞的是作品的光環，和其中描寫的發生在巴黎公車上的事件。

一九五〇年，這個品牌也買下了公車車體和「車屁股」兩側的流動廣告。

第二個廣告版變體練習，乃是廣告人雨柏・巴耶（Hubert Baille）向格諾提出的一個藥品廣告提案：竇斯（Dausse）藥廠的歐林帕克斯（L'Olympax）鎮定劑。格諾必須為藥廠每個月免費贈送給醫界的小冊子撰寫一些文章。這五則廣告版練習，作者在世時也從未公諸於世[29]。不過，一九六二年，雨柏・巴耶依同樣的概念，發表了賈克・培瑞撰寫的〈不同時代的鎮定劑〉[30]。

一九六〇與一九七〇年代，許多仿作（pastiche）紛紛出現，有時曖昧地介於向格諾原著致敬與商業操作之間，這類仿作雖有助於文本的流通，但其他一些品牌則毫不忌諱地照抄《風格練習》作為商業用途。格諾恐怕並不同意布萊斯・桑德拉爾將詩歌與廣告畫上等號的看法[31]，然而他從未在原則上反對由他的作品衍生出廣告文案，甚至還曾明確地考慮回應廣告商向他提出的邀約。不過由於這些計畫並未完成，格諾大部分為廣告而做的練習都未曾發表[32]。

面對各種不同的表達媒介——翻譯、戲劇、歌謠、音樂、漫畫、廣告和其他促銷媒介，面對多種挪借再創的手法——雖然作者生前應該沒經歷過數位時代，面對《風格練習》響亮的名聲和讀者對其充滿創意、帶有遊戲性質和幽默感的創作原則的熱愛，格諾最後體認到「**客觀地**來說，**某種**讀者群等待的正是**這樣**的作品」。他一九七三年撰寫新版序文時，曾自問《風格練習》的獨特性，是否能藉由「那後來被稱為**潛在文學**（littérature potentielle）的一切」來闡明。

文學的潛能（potentialité）很可能是《風格練習》成功的決定因素之一，但這個論點難道不會抹煞了格諾自己二十五年前，首批練習在雜誌刊登時，曾提及的「效應」觀點？格諾當時是這麼寫的：「作者認為，如此他以近一百種不同的方式，『處理了同一個主題』——一個曾真實發生過、且**尋常**的小事件。接連閱讀這一百個內容相同的章節，無疑地將會在讀者身上引發某種效應。」

從口語文學到再書寫：「某種效應」

「在讀者身上引發某種效應」……格諾的觀察完全正確。《風格練習》接受形式之廣、之多樣輕易便能展現這一點。然而這我們一再指出的「效應」，究竟是憑藉著什麼而生？我不想在此重覆已經發表過的論點[33]，只想提出一個讓文學場域開向此作之文化和社會接受場域的假設。與其從**接受**的角度來談，我們不如使用「挪借再創」（réappropriation）和「流通」（circulation）這兩個更恰當的詞彙，來討論這部作品。

格諾撰寫《風格練習》的目的，遠非從前被人們指責的，是為了「破壞」文學。他承認自己成功地為文學「除去它各式各樣的鏽」[34]，然而《風格練習》引發的再生反應超出他原先的期待。為了解釋這種現象而提出的「隨機組合文學」論調，並不能涵蓋全部現實。作者借用了存在已久的創作手法，玩弄書寫上的形式變化、排除「寫作主題」（sujet）或「內容」（matière）的問題、抹去了作者個人的印記。他其實回溯了口語文學的**基本**特質。

他尋求的「效應」奠基於以下五個主要特徵：**重覆**、**押韻**、**短小形式**、確切**地點**的選擇及**簡潔的敘事綱要**。這些位於格諾創作理念核心的特徵，屬於古典修辭學五個領域之一的「記憶術」（Arts de mémoire）範疇[35]。文化的記憶能藉由時間和社會空間來製造出**連結**[36]。

在口語文化中，社會的連結是以儀式為媒介來建立的，而書面文化中，乃藉由文本。前者透過不斷重覆儀式而確立，後者經由文本的變異和注釋。格諾則是挪借了口語傳統的模式，將之運用在書寫空間中。

重覆作為《風格練習》的組成成分之一，破壞了一向將其屏除在外的書面文化累積的成果，使此作與內於口語文化的表達形式重新產生連結。它重新接納一種感官上的，甚至像患了精神官能症似的愉悅感，使得閱讀者的身心投入一種書面語已遠離的溝通方式。讀者若「一口氣」讀完《風格練習》，體驗到的便會是重覆帶來的樂趣。這種「效應」吸收了很快就會被接收內化的相同「內容」。讀者的注意力因此轉向形式，文學也因而藉由它的**形式**本身**成形**。

如果說重覆是「修辭學中最芬芳的一朵花」[37]，它同時也是格諾在創作上關注的重點之一。格諾在《論民主的優點》中強調：「樂趣的世界，同時也是不斷重覆的世界。」他又將它連結到一個「由樂趣原則支配的、精神官能症的世界」[38]。同樣的說法，我們也能在格諾一九四〇年二月的日記裡看到[39]。

此外，**普遍性的押韻**（rime généralisée）也和重覆的手法同聲唱和。格諾如此解釋道：「某些情景或人物可以互為韻腳，就像拿字來押韻那樣。甚至只押幾種頭韻（allitérations）也行。」[40]。這種手法不限於傳統押韻的方式，甚至擴及到「思想的韻腳」。押韻與重覆，在格諾身上，是同一種詩歌理論的兩種表達法，而這在口語傳統中，乃是幫助記憶的途徑。

不過，如果少了樂趣、遊戲性和喜感這三個造就了《風格練習》的成功的要素，重覆也就失去了意義。它和讀者之間的默契，憑藉著記憶與知識。領會了文本的弦外之音、引用的典故、妙語和共通的修辭方法，同時也帶來了樂趣。文本在完全的交流中才發揮效果。

《風格練習》不管是在詩律學上的或具體的文本形式中，亦皆玩弄著熟記的法則。篇幅短小的文本形式（每則練習很少超過一頁）、「相同的內容」、「尋常的事件」，兩個人為了一件小事起爭執，以及一個極簡的敘事綱要——以兩個時間點、兩個確切地點（在公車上和在聖拉札車站前）為構句上的主軸……以上每一個特徵都讓故事本身的趣味退居第二線，以便突出形式，並使文本易於操作。《風格練習》不斷被挪借再創的現象，取道於口語文學曾建立的學習途徑。

格諾將口語文化的結構注入文字書寫，目的不在破壞文學，而在邀請讀者參與文學的復興（Renaissance）。讀者自此不再是被動的消費者，而成為了對文學大有助益的、活絡文本並促其流通的「（勞）作家們」——一種參與書寫而不帶罪惡感的讀者，就如同〈笨拙寫手〉練習中的敘事者那般，最後看著自己的習作，頗自得其樂地發現：「寫作還是滿讓人愉快的嘛！」。

1 譯註：本文原收錄於《風格練習》2012 年限量版《Folio anniversaire》。

2 譯註：le corps social，指組成一個社會的所有個體。

3 譯註：指法國二戰期間抵抗納粹德軍與維希政權的地下運動。

4 Noël Arnaud 諾埃爾．阿諾，«Un Queneau honteux ?»〈可恥的格諾？〉，《*Europe*》，n°650-651，1983 年 6、7 月號，頁 122-130。

5 Raymond Queneau 雷蒙．格諾，lettre à Claude Gallimard（致克勞德．伽利瑪信），1946 年 8 月 26 日，收錄於由法國國家圖書館與伽利瑪出版，Alban Cerisier 及 Pascal Fouché 主編之 *1911-2011 Gallimard un siècle d'édition*《1911 到 2011 —— 走過一世紀的伽利瑪出版社》，2011，頁 240。

6 譯註：Collection Blanche，指伽利瑪出版社的文學叢書。最初創立時封面統一為奶油色底，故得此名。

7 譯註：指 1940 年 6 月 22 日法德停戰協議簽署後，到 1942 年 11 月 11 日間，由維希政權支配的法國領土，相對於位於其北部的德軍占領區而言。

8 譯註：Service du travail obligatoire，縮寫為 S.T.O.。二戰期間德國本土人力吃緊，從 1941 年起便在法國進行一系列宣傳，募集人手到德國從事勞動工作，然而募集志願者的成效不彰。迫於德軍的要求，維希政權乃於 1943 年 2 月通過法案，正式採取強制徵召方式，引起法國人民強烈反感。許多青年不願到德國服勞役，轉而加入抵抗德軍的地下武裝組織；格諾的情況則是不得擅自離開巴黎，須與親德軍的雜誌主編共事。

9 譯註：Le Comité national des écrivains，1941 年由法國共產黨支持成立。

10 François Le Lyonnais（1901-1984），數學家與化學工程師。二戰時在第一時間便參與抵抗運動，曾為「爭取法國解放與獨立之國家陣線」（Front national de lutte pour la libération et l'indépendance de la France）中的共黨團體之一員（也因此他曾被遣送到朵拉 Dora 集中營），後為法國科學作家協會會長，同時也是西洋棋專家……他與格諾終身保持摯友關係。

11 Jean Lescure 發明的創作法，即把文本中的每個名詞（substantif），用規定的一本字典中位於此名詞後面的第七個詞取代。故名 S + 7。

12 譯註：前者為普及版，後者為收錄經典的叢書。

13 譯註：littérature combinatoire，指把字詞或文本隨機組合而展現新義的文學運動。格諾於 1961 年出版的 *Cent mille milliards de poèmes*《一百兆首詩》，邀請讀者隨機組合書內十首格律相同、每首切成十四個可活動式長條的詩，即反映了此種文學創作概念。

14 《風格練習》由法國書籍俱樂部出版的 1956 年版中，曾飾有皮耶．佛榭（Pierre Faucheux）設計的十三則字體練習。

15 譯註：Gaston Gallimard（1881-1975），伽利瑪出版社創辦人。

16 Boris Vian 鮑希斯・維昂，*Manuel de Saint-Germain-des-Prés*《聖哲曼德佩手冊》，Chêne 出版社，1974，頁 220。

17 Pierre Bastien 皮耶・巴斯田，*Eggs Air Sister Steel*，In Poly Sons 唱片公司，IPS 0194。Matt Madden 馬特・馬登，*99 exercices de style*《九十九則風格練習》，L'Association 出版社，2006。烏巴波（Oubapo）：全名為 Ouvroir de bande dessinée potentielle，即「潛在漫畫工坊」。

18 1946 年，曾有與畢卡索合作的「豪華精裝版」計畫，但計畫並未實現。

19 參見 Emmanuël Souchier 埃曼紐爾・蘇席耶，«L'exercice de style éditorial. Avatars et réception d'une œuvre à travers l'histoire, des manuscrits à Internet»〈出版上的風格練習：從手稿到網路，由歷史探析一部作品的分身與接受〉，《*Communication & langages*》，n°135，2003 年 4 月號。

20 已有德文、英文、巴斯克文、保加利亞文、加泰隆尼亞文、克羅埃西亞文、丹麥文、西班牙文、愛沙尼亞文、芬蘭文、加利西亞文、希臘文、匈牙利文、義大利文、日文、馬其頓文、荷蘭文、挪威文、波蘭文、葡萄牙文、羅馬尼亞文、俄文、塞爾維亞文、塞爾維亞—克羅埃西亞文、斯洛維尼亞文、瑞典文、捷克文、土耳其文、烏克蘭文等譯本。

21 Jacques Roubaud 賈克・胡波（圓桌會議主席），«Les *Exercices de style* de Raymond Queneau»〈雷蒙・格諾的《風格練習》〉，收錄於 *Actes des troisièmes assises de la traduction littéraire*《第三屆文學翻譯研討會文集》，Arles 亞爾 1986，Actes Sud 出版社，1987，頁 99-125。

22 譯註：格諾新創詞，出自第五十則練習〈笨拙寫手〉：«C'est en écrivant qu'on devient écriveron.»（人是勤寫作才成（勞）作家的）。

23 Umberto Eco 安伯托・艾可，«La traduction des *Exercices de style* de Raymond Queneau»〈翻譯雷蒙・格諾的《風格練習》〉，《*Écritures*》，n°3/4，*Échos d'Italie. Nos contemporains les traducteurs*《來自義大利的回聲：與我們同時代的譯者》，Université de Liège 列日大學，1992，頁 53。*Esercizi di stile*《風格練習》，由安伯托・艾可翻譯介紹，Torino 杜林：Einaudi 出版社，1983。

24 *Estilo de exercicios para Exercicios de estilo*，*Vigo* 維哥市：Xerais de Galicia 出版社，1995。

25 Roland Barthes 羅蘭・巴特，«Réflexion sur un manuel»〈對文學教科書的思考〉，*Œuvres complètes III, 1968-1971*《羅蘭巴特全集三：1968-1971》，Seuil 出版社 [1971]，2002，頁 945。

26 Emmanuël Souchier 埃曼紐爾・蘇席耶，Julia Bonaccorsi 茱莉亞・波納柯西，Isabelle Garron 伊莎貝爾・卡洪，Sarah Labelle 莎拉・拉貝勒，Jean-Luc Minel 尚路克・米內勒，«Réécritures appareillées : appropriations de l'œuvre de Raymond Queneau sur Internet»〈電子工具化的改寫：網路上對雷蒙・格諾作品的挪借〉，*L'écriture des médias informatisés. Espaces de pratiques*《數位化媒體的書寫：實作空間》，Yves Jeanneret 伊夫・簡奈瑞，Cécile Tardy 瑟西兒・塔赫蒂主編，Hermes 出版社，2007，頁 173-204。

27 《風格練習》檔案包含了筆記、手稿和其他與作品相關的文件。勒阿弗爾（Le Havre）市立圖書館於 1977 年收入館藏。

28 譯註：原意為「他讓托普選中了」，為譯出原文置入性行銷的文字遊戲 Dop/*adopté*，改譯為「**託**托普的**福**勝出」。

29 譯註：Folio 2012 年限量版曾以「鎮定劑正確使用方法」收錄於附錄。

30 Jacques Perret 賈克・培瑞，*Comme Baptiste… ou les tranquillisants à travers les âges*《像巴蒂斯一樣鎮靜：或不同時代的鎮定劑》，La Dilettante 出版社，1992。

31 Blaise Cendrars 布萊斯・桑德拉爾，«Publicité = poésie»〈廣告 = 詩歌〉，*Aujourd'hui*《今日》，Grasset 出版社，1932，頁 209。

32 譯註：同註 29，許多格諾未發表的練習，曾於 2012 年限量版附錄首度披露。

33 參見埃曼紐爾・蘇席耶，*Raymond Queneau*《雷蒙・格諾》，Seuil 出版社：«Les Contemporains» 叢書，1991 及 «Notice» aux *Exercices de style* de Raymond Queneau 雷蒙・格諾《風格練習》之〈出版經過及作品介紹〉，收錄於 *Œuvres complètes 3*《雷蒙・格諾全集三》，«Bibliothèque de la Pléiade» 七星文庫叢書，Gallimard 出版社，2006，頁 1547-1582。Stefano Bartezzaghi 史蒂凡諾・巴勒第札季，«Come si diventa scrittoranti. Effetti e transizioni negli *Esercizi di stile*»〈如何成為（勞）作者：《風格練習》中的效應與轉換〉，收錄於安伯托・艾可翻譯介紹之《風格練習》義文版，Torino 杜林：Einaudi 出版社，2005。

34 雷蒙・格諾，*Bâtons, chiffres et lettres*《槓槓、數字與字母》，Seuil 出版社：«Idées» 叢書，Gallimard 出版社 [1950]，1965，頁 43-44。

35 譯註：「記憶術」的鍛鍊從古希臘便存在，大抵藉由記憶地點為綱，以不同方式與待記憶的事物做連結，此法可幫助演說者迅速記憶講詞。

36 參見 Jan Assmann 彥・阿斯曼，*La mémoire culturelle. Écriture, souvenir et imaginaire politique dans les civilisations antiques*《文化記憶：古文明中的書寫、記憶和政治想像》，Diane Meur 黛安・梅赫譯，Aubier 出版社，2010。

37 雷蒙・格諾，*Les fleurs bleues*《藍花》，收錄於《雷蒙・格諾全集三》，頁 1028。

38 雷蒙・格諾，*Traité des vertus démocratiques*《論民主的優點》，埃曼紐爾・蘇席耶編輯，Gallimard 出版社，1993，頁 135-136。

39 雷蒙・格諾，*Journaux 1914-1965*《1914-1965 日記》，Anne Isabelle Queneau 安—伊莎貝兒・格諾編輯，Gallimard 出版社，1996，頁 438。

40 雷蒙・格諾，*Bâtons, chiffres et lettres*《槓槓、數字與字母》，頁 42。

I 筆記 Notations

S線公車上，尖峰時刻。一名二十六歲左右的男子，軟帽繫繩，而非絲帶；脖子過長，像是被人往上拉過。人們下車了。此男對身旁的乘客發火。他責怪他每次一有人經過就推擠他。想裝兇的哭腔。男子由於看到一個空位，火速衝上去。

兩小時後，我在聖拉札車站前、羅馬廣場[1]上又遇見他。他和一個同伴在一起，同伴對他說：「你應該請人在你的風衣上多加一顆扣子。」他指給他看應該加在哪兒（領口處），並告訴他為什麼。

1　分別為 Gare Saint Lazare 和 Cour de Rome。

2 複式記帳

En partie double

接近日中也就是中午的時候，我人在且人上了一輛擠滿人且幾乎滿載、從古壕溝外護牆廣場開往香培瑞門[2]的S線公車，一種公共交通工具車尾的露台暨平台。我看見也就是注意到一個年輕男人，一個老青少年，甚是可笑，頗為滑稽：瘦長的脖子，骨感的長管，細繩也就是細帶，繞著他的帽子，或者說他的頭冠。一陣推擠、亂擠後，他以一種催淚、哭哭啼啼的聲調與聲音，又說又宣稱，他身旁的乘客，同車的旅客，每次只要有人下車和離開車廂，就故意且致力，推擠他又煩擾他。語畢，開口說完了以後，他衝向並轉向一個空位，一個沒人佔的座位。

兩個小時後，等於是一百二十分鐘以後，我又在羅馬廣場，也就是聖拉札車站前，遇到他並看見他。他與他的朋友也是同伴，在一起也在一塊兒。朋友、同伴建議並敦促他，在風衣也就是外套上，請人加上、縫上一顆扣子，一顆椰殼圓扣。

2 分別為（Place de）la Contrescarpe和（Porte de）Champerret。

3 曲言 Litotes

當時，我們若干人往同一個方向行進。一個看起來不甚聰明的年輕男人，和他身旁的一位男士說了幾句話，然後他便去坐下了。兩小時後，我再次遇見了他；他身邊伴隨著一個朋友，談著衣裝之事。

4 隱喻 Métaphoriquement

日中，一隻拔了毛的長頸雞，被扔進白腹甲蟲裡一堆旅遊中的沙丁魚間，忽然訓斥了其中安靜的一尾。牠的言語漫布空氣中，浸潤了一抹抗議的氣息。接著，這雛鳥般的雞，為一種空無所引誘，撲上前去。

當天，在一方陰鬱的城市荒漠裡，我又再次看見了牠，正因為某顆無關緊要的扣子，被挫了銳氣。

5 倒敘 Rétrograde

你應該在你的風衣上加一顆扣子，他的朋友對他說。我在羅馬廣場中央又遇到了他，在見他貪婪地衝向一個座位、與他各分東西了以後。那時他剛因另一位乘客的推擠而出聲抗議。他說，那人每次有人下車就推撞他。這個瘦削的年輕人戴著一頂可笑的帽子。這事發生在當天中午，在滿載的S線的車尾平台上。

6 驚訝 Surprises

我們在公車平台上實在被擠得受不了！而那個男孩子，居然可以看起來又笨又可笑到這種地步！他做了什麼？看吧！難道不就是他想找人碴！他——這個毛還沒長齊的小伙子！——聲稱某個乘客推擠他！然後他找不到其他事好做，就以迅雷不及掩耳的速度去搶位子了！他居然沒把座位讓給女士！

兩個小時後，你們猜猜我在聖拉札車站前又遇到了誰？同一個小白臉！正聽著某人給他衣著上的建議！還是一個男性友人！

真令人不敢置信！

7 夢境 Rêve

我的四周，好像瀰漫著珍珠白的薄霧，各種模糊不清的人影圍繞著我。其中，只有一個年輕男人的身影還算清晰地浮現。他過長的頸子，率先反映了他既懦弱又愛發牢騷的個性。他帽上的絲帶，被一條編織的繩子取代了。接著他和一個我看不見的人吵起架來，然後，忽然像是害怕了，他奔向走廊的陰影中。

另一半的夢境，則讓我看見他走在大太陽下，在聖拉札車站前。他和一個同伴在一起，同伴對他說：

「你也許應該請人在你的風衣上加一顆扣子。」

就在這時，我醒了。

8 預言 Pronostications

當中午來臨的時候，你將身在一輛公車車尾的平台上，那兒一堆乘客將擠成一團，你將在其中，注意到一個荒謬可笑的小伙子：瘦到見骨的脖子，軟氈帽上沒有絲帶。這小子心裡將感到不舒服，他會認為是一位男士，每當有人上下車時，就故意推擠他。他會向他抗議，不過，那位男士將面帶輕蔑，理都不會理他。而這可笑的小伙子一驚慌，馬上就會逃之夭夭，往一個空位跑去。

你將在不久後又看見他，在聖拉札車站前的羅馬廣場。一個朋友會陪伴著他，而你將聽到以下這些話：「你的風衣領口不服貼，應該請人加一顆扣子。」

9 亂序 Synchyses[3]

荒謬的年輕人，
某日我在擠滿人的S線公車上，
像被牽拉過的，
也許，
長脖子，
在帽上有細繩的，
我當時注意到一個。
傲慢且哭哭啼啼的，
用一種腔調，
在他身旁的，
對著這位先生，
他表示抗議。
因為他好像推擠了他，
一次每下車有人。
空著的，
並衝向一個位子，
他坐下，
這之後。
在羅馬（廣場的那個），
我之後兩小時又遇到他，
在他的風衣上，
一個扣子該加，
一個朋友建議他。

3 亂序為一種修辭法，或被認為是修辭上的缺點，因改變句中子句與字詞的順序，使語意晦澀不明，甚至難以理解。

10 彩虹

L'arc-en-ciel

某日，我身在一輛紫線公車的平台上。那上面有個頗荒謬可笑的年輕人：靛色脖子，帽上繞著細繩。忽然間，他向一位偏藍的男士抗議。他用一種氣綠了的聲音，責怪他每次有人下車就推擠他。這之後，他衝向一個黃色的位子坐下。

兩小時後，我在淡橙色的車站前遇到了他。他和一個建議他請人在他的紅風衣上加一顆扣子的朋友在一起。

II 限定詞依序嵌入 Logo-rallye

dot（嫁妝）、baïonnette（刺刀）、ennemi（敵人）、chapelle（禮拜堂）、atmosphère（氣氛）、Bastille（巴士底）、correspondance（通信）

某日，我在一輛公車的平台上，這公車想必是主導 T.C.R.P.（巴黎地區公共交通公司）[4]未來命運的馬里亞居（Mariage）先生給女兒的嫁妝的一部分。當時那平台上有個頗荒謬可笑的年輕人，這不是因為他沒佩刺刀的緣故，而是因為他沒佩刺刀看起來卻像佩了一樣。忽然間，這個年輕人開始攻擊他的敵人：一位站在他身後的男士。他指責他的主要是他的行為舉止，不像在禮拜堂那樣有禮貌。把氣氛弄僵了以後，那小子跑去坐下了。

兩小時後，我在離巴士底兩、三公里處遇見了他和他的同伴。那同伴建議他請人在他的風衣上加顆扣子。這意見其實可以用通信的方式告訴他的。

4　全名為 Société des transports en commun de la région parisienne，為今 R.A.T.P.（巴黎大眾運輸公司）前身。

12 猶豫 Hésitations

我不太確定這是在哪裡發生的……在一間教堂裡？一個垃圾桶裡？一個亂葬崗裡？也許是在一輛公車上？當時在那裡……可是當時那裡到底有什麼呢？蛋？地毯？櫻桃蘿蔔？還是骨骸呢？啊對……肉體還在的那種，還活著的。我想是這樣沒錯。一些在公車上的人。不過，其中有一個（或兩個？）特別引人注意，但我不太記得是為了什麼。因為他過度自大嗎？還是因為他的肥胖？因為他的憂鬱？或者……更確切地說，更是因為他年紀輕輕、帶有長長的……鼻子？下巴？還是大拇指？不是！是脖子，還有一頂怪、很怪、非常怪的帽子。他陷入了爭吵，對，沒錯，大概是跟另一名乘客（男的還是女的？小孩還是老人？）。這場爭吵結束了，最後以某種方式結束了，很可能是因為兩名敵對者其中之一逃跑了。

我想我後來再遇到的，應該是同一個人，不過，是在哪裡呢？在教堂前？在亂葬崗前？在垃圾桶前？和一個應該在對他說些什麼的同伴在一起，但他在說什麼？什麼呢？到底是什麼呢？

13 精確

Précisions

中午十二點十七分，在一輛長十公尺、寬二點一公尺、高三點五公尺、距離出發點三點六公里的S線公車上，當這輛車乘載著四十八人時，一個性別為男性、年齡為二十七歲三個月又八天、身高一百七十二公分、體重六十五公斤、頭上戴著十七公分高、帽身繞著一條三十五公分長的絲帶的帽子的人，用花了五秒鐘說完的、指稱他十五到二十公釐的非自願位移的十四個字，叫住了一個四十八歲四個月又三天、身高一百六十八公分、體重七十七公斤的男人。他隨後坐到大約二點一公尺外的地方去。

一百一十八分鐘後，他身在離聖拉札車站郊區線入口十公尺處，在三十公尺長的路徑上，和一個二十八歲、身高一百七十公分、體重七十一公斤、用十五個字建議他把直徑三公分的鈕扣往天頂方向上移五公分的同伴，來回走動。

14 當事人主觀觀點 Le côté subjectif

今朝，我對我的衣著還挺滿意的。我戴了全新的帽子，挺俊俏的，也穿了一件我覺得極好看的風衣。在聖拉札車站前遇到某甲，他卻掃我的興，一直堅持說風衣領口太開了，我得多加一顆扣子。他還好沒敢批評我的帽子！

在那之前沒多久，我把一個大老粗撞得七葷八素，因為每次有人經過，不管是上車或下車，他就故意粗魯地撞我。這是在一輛骯髒透頂的巴士上發生的事，巴士上擠滿了盲目無知的群眾，就在我肯搭乘公共交通工具的時段。

15 另一造主觀觀點

Autre subjectivité

今天在公車上，車尾平台那兒，我身邊站著一個乳臭未乾的小毛頭——幸好大家沒生太多這款的，不然我有天恐怕會忍不住宰了一個。這個小子，大約二十六到三十歲，特別讓我火大，這比較不是因為他像拔光毛的火雞一樣的長脖子，而是他帽上絲帶的類型：絲帶被換成一種茄子色的細繩！啊！混蛋！實在讓我噁心得不得了！那個時段車上有很多人，我就趁著有人上車或下車的推擠中，藉機用手肘撞了他的雞肋幾下。在我決定多踩他幾腳、給他點「腳」訓之前，他就膽小地落跑了。要不是這樣，我還會為了激怒他，跟他說他的風衣領口少了顆扣子，太開了。

16 記敘 Récit

某日近中午，在蒙梭公園[5]旁，差不多滿載的S線（今84號線）公車的車尾平台上，我看見一個脖子很長的人，戴著一頂軟氈帽，繞著帽身的不是絲帶，而是一條編織的飾帶。這人忽然間叫住了他身邊的乘客，聲稱那人每當有乘客上下車時，就故意踩他的腳。不過這位仁兄很快地就放棄爭執，急撲向一個剛空出來的位子。

兩個小時後，我在聖拉札車站前又看見他，正和一個朋友熱烈討論中。這朋友建議他應該找個技術好的裁縫，把風衣的第一個扣子往上縫，好讓領口不會敞得太開。

5 Parc Monceau.

17 造新詞 Composition de mots

我在盧泰西亞正午之時空[6]，共群眾地[7]，公車平跆[8]，緊鄰一個乳臭未乾的長頸、繩繞噱帽兒[9]。此人對某無名氏道：「您推似[10]我。」噴發完後，他便貪婪地空座偎了[11]。在一後來的時空中，我又看到他和某甲正聖拉札前站[12]。某甲對他說：你應該釦加[13]你的風衣。並且釋何[14]這建議。

6 Un espace-temps lutécio-méridiennal，盧泰西亞為羅馬高盧時期的巴黎古稱。格諾在此處將「盧泰西亞」與「正午／子午」兩字合併，新創一個形容詞。
7 co-foultitudinairement.
8 plate-d'autobus-formais.
9 longicol tresseautourduchapeauté.
10 bousculapparaissez.
11 se placelibra.
12 placesaintlazarait.
13 boutonsupplémenter.
14 pourquexpliquait.

18 否定性

Négativités

事件不在船上，也不在飛機上發生，而是在一種陸上的交通工具上。發生的時間不在早上，也不在晚上，而是在中午。主角不是個嬰兒，也不是名老人，而是個年輕人。與絲帶無關，也與細繩無關，而是與編織的飾帶有關。事件不是神明出巡，也不是有人打架，而是一場推擠。那不是個和善的人，也非凶神惡煞，而是個火大發飆的人。無關乎事實或謊言，而是個藉口。不是個站著的人，也不是倒地的人，而是個想坐下的人。

不在前一天，也不在隔天，而是當天稍晚之時。不在巴黎北站，也不在巴黎里昂車站，而在聖拉札車站。不是親戚，也不是陌生人，而是一個朋友。不是辱罵，也不是嘲笑，而是一個關於服裝的建議。

19 泛靈論觀點 Animisme

那是一頂柔軟的、有凹痕的、帽沿低垂的、帽身繞著一條編織飾帶的棕色帽子，一頂身在帽海中的帽子，只在載送他——這頂帽子——的汽車車輪行經凹凸不平的地面時，驚跳了幾下。每到站時，旅客的來來往往不斷使他左右移動，有時幅度頗大，這使得他——這頂帽子——終於生氣了。他通過人類的聲音表達了惱怒，這聲音在他下方以一團從結構來說圍繞著近似球體、開了幾個洞的骨骼的肉，和他連結在一起，他——這頂帽子。然後他——這頂帽子——忽然間跑去坐下了。

一兩個小時後，我又看見了他——那頂帽子，正在聖拉札車站前，離地面大約一百六十六公分處，來回移動。一個朋友建議他請人在他的風衣上多加一顆扣子……多加一顆扣子……在他的風衣上……呃對他說這個……他——那頂帽子。

20 字詞／部件移位 Anagrammes[15]

在峰尖盼寺的S線上，一名綍田脤、戴了叕絹絲田黽而非帶絲的巾氈的、約年二六十的佃力，和加一個客乘諍辡，嘖嗎他意故擠推他。如此訴哭後，他衝急向一個位空。

一個頭鐘後之，我在聖扎柆站車前的罵維場廣見遇他。他和一個侗半在一起，侗半對他道說：「你該應青信哆力一顆扣鈕在你的衣風上。」他向他拙旨在哪兒（在呤頁上）。

15 原文為字母亂序，中譯版代之以字詞亂序或字中部件移位。

21 極詭妙區別

Distinguo

當時在一輛公車（可不要把它聽成公廁）上，我看見（不是看《康健》）一個奇特男孩（不是他奇得特難嗨），戴著一頂圈著編繩（不是蛇鞭）的帽子（不是貓的兒子）。他生有（不是神遊）一個長脖子（不是娼婆子）。由於乘客互相推擠（並不是人客互相擠兌），導致一個新乘客（不是新車坑）讓上述奇男移了位（而非上尉騎術南移了）。此人抱怨畢（而非此怨人必報），瞧見一個空座位（而非作為一個劍橋控），就馬上衝去了（並非衝上馬去了）。

當天稍晚，我在聖拉札站前（而不是錢戰勝拉雜）瞥見他（不是他撇劍），正與朋友說著話（不是話說著正有雨棚），談及外套的一顆扣子（可不要和外扣的套子混為一談）。

22 押尾韻

Homéotéleutes

一個大熱天，我搭車的時間，見一隻白目鰱，眼瞼軟綿綿，帽子瘋瘋癲癲，在小片空間，舞動雙拳。嫌一隻大頭猿，將他擠扁，卡在邊邊。他氣言：「機車鯰！」同時間把顧忌暫懸，棄械換戰線，到他處沾黏。

一個時辰間，在聖拉札站前，他又再現我面前，和勸他的同學激辯，事關衣扣縫哪邊[16]！

16 原文押 ule 韻。此段中，格諾將詞尾強加上此韻，呈現新創詞風貌。中譯版採一韻到底。

23 正式信函 Lettre officielle

身爲毫無偏袒護短之心，且飽受驚嚇的目擊者，在下有幸告知您以下事實：

本日約近中午，本人身在一輛駛經庫瑟街（Rue de Courcelles），往香培瑞廣場（Place Champerret）前行之公車的平台上。上述公車當時滿載，甚至超載——如果敝人膽敢如此措詞的話，因爲售票員，無正當理由而受過分的、令他無視規定於是近乎縱容的善心驅使，超收了幾名求載者。每到站停車，上下車乘客在來去之間，必然產生某種推擠，這使得其中一名乘客出聲抗議，即便這抗議還帶有一絲膽怯。不才必須表明，這名乘客一有了機會，便去坐下了。

以下本人爲此簡短敘述補遺：未經多時，在下便有機會再次遇見這名乘客，身旁伴隨著另一名身分不明的人物。兩者熱烈討論的內容，似乎有關於美感方面的問題。

鑒於上述情況，請　閣下不吝明確指出，在下對此事件應做出的結論，以及今後敝人應持有的、您覺得正確的人生態度。

在靜候　閣下回音之際，在此向您致上，在下甚爲熱切的萬分敬意。

24 請予刊登插頁 Prière d'insérer

已寫出多部傑作的知名小說家甲，在他手法高明、深得其本色的新作中，僅致力呈現數名塑造完整的、在老少皆能理解的氛圍中行動的人物。小說情節由故事主角在公車上偶遇一名與某乘客起了爭執的謎樣人物展開。故事的尾聲，讀者會看到這名神秘人物以最專注的態度，聆聽時尚公子風專家的友情建議。整部作品，予人一種小說家甲分外成功地刻鑿出的，迷人的印象。

25 狀聲詞 Onomatopées

在S線（這些蛇為了誰在上面嘶嘶嘶）[17]，噗噗噗公車，啪啪啪平台上，噹噹噹噹～噹噹噹噹，大約中午的時候，一個可笑的臭屁花美男，噗噗，戴著一頂那種唉唉唉唉唉的帽子，忽然（超迅猛超迅猛）氣呼呼轉過身來，齁齁齁，對著他身邊的乘客，咳咳咳，說：「先生，您故意推擠我。」登愣！語聲方落，咻咻咻，他衝向一個空位，然後嘣地一聲坐下。

噹噹噹噹～噹噹噹噹，同一天稍晚時，我又看到他，和另一個臭屁花美男，噗噗，在一起，他跟他聊著風衣的扣子（格⋯格⋯格⋯⋯所以天氣有點涼吧⋯⋯）

登愣！

17 原文為«Pour qui sont ces serpents qui sifflent sur»典出拉辛（Jean Racine）悲劇《安德羅瑪克》（*Andromaque*）。原詩句為«Pour qui sont ces serpents qui sifflent sur vos têtes?»（這些蛇為了誰在妳們頭上嘶嘶作響？），押s頭韻，擬復仇女神（Érinyes）頭上的蛇發出的嘶嘶聲。

26 邏輯分析

Analyse logique

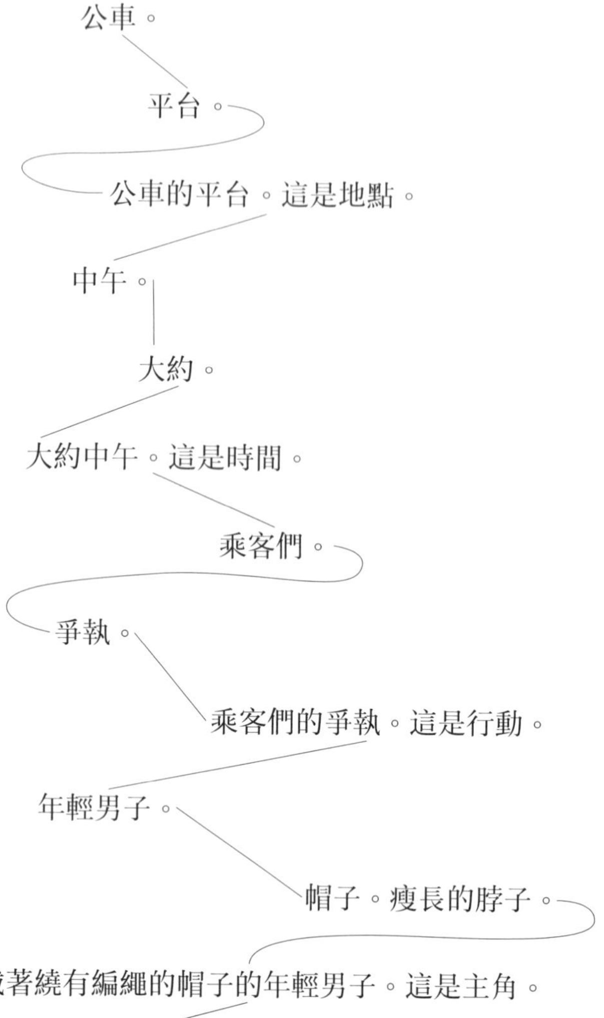

公車。

平台。

公車的平台。這是地點。

中午。

大約。

大約中午。這是時間。

乘客們。

爭執。

乘客們的爭執。這是行動。

年輕男子。

帽子。瘦長的脖子。

戴著繞有編繩的帽子的年輕男子。這是主角。

某人。

一個無名氏。

一個無名氏。這是配角。

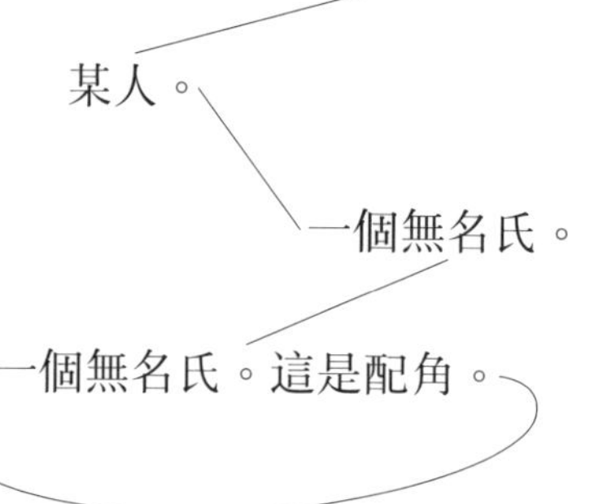

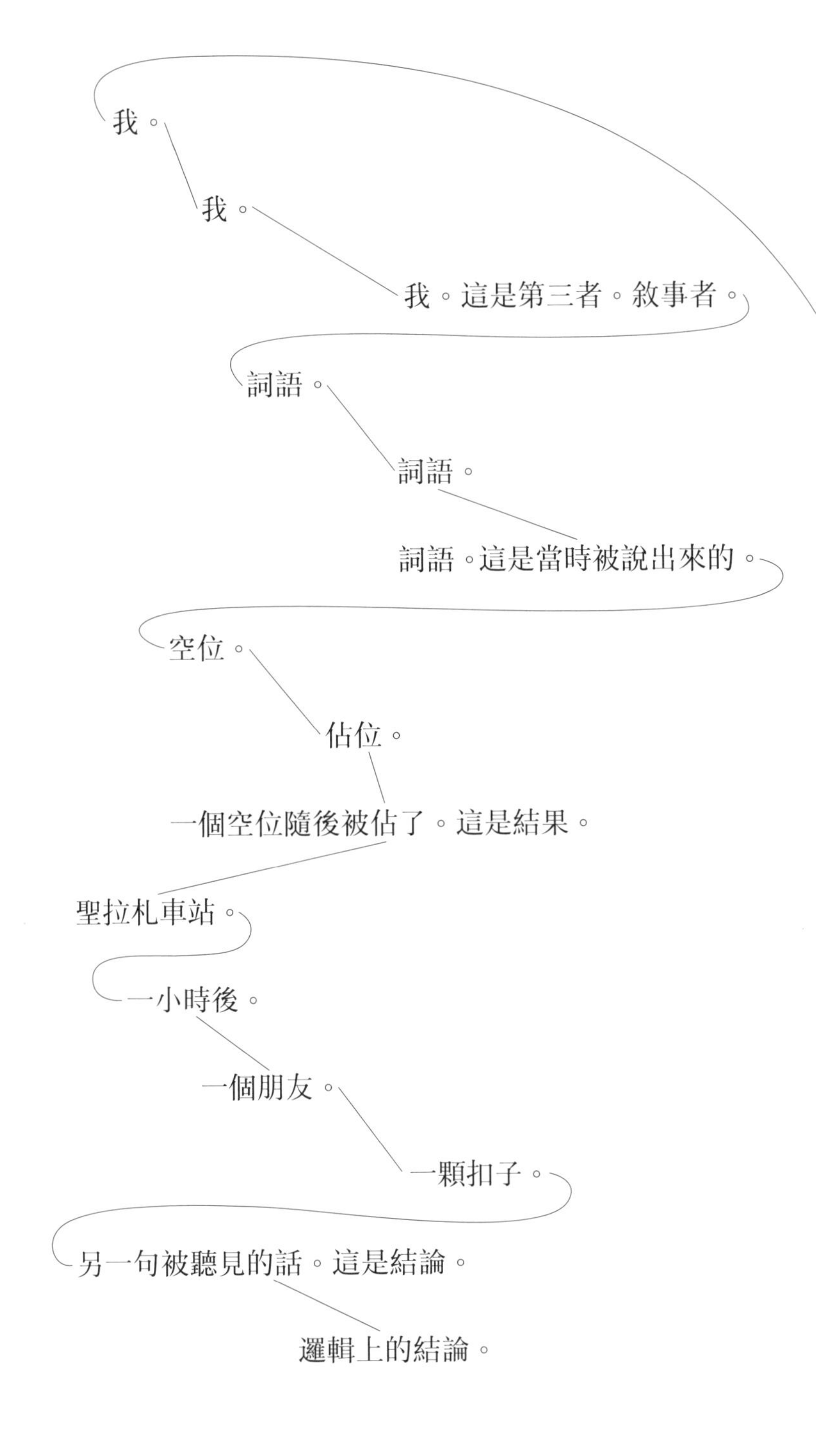
我。
我。
我。這是第三者。敘事者。
詞語。
詞語。
詞語。這是當時被說出來的。
空位。
佔位。
一個空位隨後被佔了。這是結果。
聖拉札車站。
一小時後。
一個朋友。
一顆扣子。
另一句被聽見的話。這是結論。
邏輯上的結論。

27 強調 Insistance

某日，近中午時，我上了一輛幾乎滿載的S線公車。在這輛幾乎滿載的S線公車上，有個頗荒謬可笑的年輕人。我和他上了同一輛公車，這個近中午時，在我之前上了同一輛幾乎滿載的S線公車的年輕人，頭上戴著一頂我——某日，近中午時，和這個年輕人上了同一輛S線公車的我——覺得很可笑的帽子。

這頂帽子帽身繞著一種編織的飾帶，像軍服上的穗帶，而戴著這頂帽子——和飾帶——的年輕人，和我搭乘同一輛公車，一輛幾乎滿載的公車，因為是中午時分；在這頂帽身飾帶仿軍服穗帶的帽子下，拉長著一張臉，下面連著一個長長、長長的脖子。啊！這戴了頂繞著穗帶的帽子的、某日近中午時在一輛S線公車上的年輕人，脖子多麼地長啊！

在這輛將我們——我和這可笑帽子下安著一個長脖子的年輕人——送往S線終點站的公車上，推擠的情況頗嚴重。乘客間的碰撞忽然引發了抗議，這抗議乃是由那個某日近中午時、身在一輛S線公車車尾平台上、脖子如此長的年輕人發出的。

當時出現了一種由自尊受到傷害的聲音發出的指責，這是因為在S線公車的平台上，有個年輕人，戴著頂繞著穗帶的帽子，脖子很長；同時在這輛因為是中午而幾乎滿載的S線公車上，亦忽然有了一個空位，空位旋即被這名頭戴可笑帽子的長頸青年給佔了——那個他覬覦已久的空位，因為他不願在某日近中午的公車平台上再被推來擠去。

兩小時後，我在聖拉札車站前又見到他——那個我當天近中午時，在S線公車平台上注意到的年輕人。他和一個與他如一丘之貉的同伴在一起，同伴正給他關於他風衣某顆扣子的建議。對方很注意地聽著，這對方，正是某日近中午時，我在幾乎滿載的S線公車平台上看到的、帽子繞著穗帶的那個年輕人。

28 無知 Ignorance

我啊，我不知道別人在不爽我什麼。對，我近中午的時候搭了S線。當時人多嗎？當然，在那個時間耶。有個戴軟帽的年輕人嗎？很有可能喔。我啊，我才不會近距離打量別人。我不在乎。某種編織的飾帶？繞著帽身？喔，這可能很奇特吧，不過我啊，我沒特別覺得驚訝。編織的飾帶……他跟另一個先生操起架來？這種事，常髮生吧[18]。

一兩個小時後，我很可能又見到了他？爲啥不呢？人生中有更多更奇怪的事會髮生。這讓我想到我爸從前常告訴我……

18 原文有口語上常見的文法錯誤，中譯版以發音及選字錯誤表現之。

29 過去複合式 Passé indéfini[19]

我上了那輛開往香培瑞門的公車。當時車上有很多人，年輕人、老人、女人和軍人。我付了票錢，然後看了看四周。沒什麼有意思的事。但我最後還是注意到了一個我覺得脖子太長的年輕人。我審視了他的帽子，看見了帽上裝飾的不是一條絲帶，而是編繩。每次有新乘客上了車，就發生了推擠。我什麼也沒說，但是長脖子年輕人竟還是叫住了他身邊的乘客。我沒聽見他對他說了什麼，但是他們兩人怒瞪了彼此。接著，長脖子年輕人急忙衝去坐下了。

從香培瑞門那兒回來時，我經過了聖拉札車站前面。我看見了那個年輕人和朋友說著話。他朋友用手指指了指就在風衣開口上方的一顆扣子。然後公車便將我載走了，我沒能再多看他們幾眼。我當時坐著，什麼也沒想。

19 法文時態，即 passé composé，用來表述在過去已完成的動作。中譯版且用「了」表現。

30 現在式

Présent

中午十二點，熱氣在公車乘客的腳邊擴散。某個安在長脖子上、裝飾著一頂古怪滑稽的帽子的笨頭笨腦，火氣一來，便爆發爭執。不過爭執很快便了結，在一種太凝重，重得讓最後的咒罵無法活跳跳地從嘴巴傳到耳朵裡的氛圍中。那人接下來坐到涼爽的車內去。

稍晚在有雙廣場的車站前，一些衣著上的問題可能被提及，關於某個讓汗油油的手指堅定地摸來摸去的扣子。

31 過去簡單式

Passé simple[20]

是日時值到正午。乘客們登上公車，成摩肩接踵。一位年青男士，頭戴上飾有編繩，而非絲帶之帽，生上一長脖頸。他嗔怪身旁乘客讓他承受推擠。當一空位入眼，他乃急奔而去，且落坐。

不消多時，我在聖拉札車站前瞥見他。他身著上風衣，同他在一處的同伴勸他道：宜添顆衣扣。

20 法文時態，現今只用於書寫，陳述過去發生的、非持續的事件或完成的動作。中譯版且以書面語表示，與過去複合式做區別。格諾原文另有幾處在形容持續的狀態時，破格使用過去簡單式，如：«On fut serré»（人擠人）、«Il eut un long cou»（他有個長脖子），為表現在閱讀上引發的怪異效果，中譯版中另嵌入表現動態之字詞。

32 過去未完成式

Imparfait[21]

中午時分，乘客們當時上著公車，處於擁擠的狀態中。一位年輕男士，頭上戴著一頂繞著編繩而不是絲帶的帽子。他有著長脖子。他責怪著他身旁的乘客，讓他不斷遭受著推擠。當他眼見著一個空位，他急忙跑著去坐著了。

不久後，我在聖拉札車站前瞧見著他。他穿著一件風衣，一個也在那兒的同伴不斷勸著他：應該加一顆扣子的。

21　法文時態，用來表述過去一段時間重複發生的事件，或沒有明確起訖點的狀態。中譯版且以「著」表現，並在原文會使法文讀者驚訝的破格處，強加使用。

33 舊體詩 Alexandrins[22]

僕僕斯車追日影，
青年長頸帽冠奇。
不疑旅客摩肩立，
卻道鄰人刻意欺。
鬼哭神號聲有怨，
狼奔鼠竄步無姿。
同窗衣扣黃昏驛，
再歎人情世道離。

22 原文為十二音節詩，有格律，中譯版乃以七言律詩改寫代之。

34 同根字詞重複

Polyptotes

我坐上了一輛載滿納稅人的公車。這些納稅人們，繳納車資給一個在他納稅人的肚子上掛著使其他納稅人能繼續他們的納稅人車程的收納小盒的納稅人。我在車上注意到一個納稅人，有個納稅人長頸，他納稅人的頭上戴著一頂納稅人的軟帽，帽身圈著一條一般納稅人帽上從來不會有的編繩。忽然間，上述納稅人叫住了鄰近的另一名納稅人，並非常嚴厲地責備他，每當其他納稅人上下這輛為納稅人而設的公車，他就故意踩他納稅人的腳。然後這名被激怒的納稅人，跑到另一個納稅人剛空出來的納稅人座位坐下。幾個納稅人小時之後，我在為納稅人建的羅馬廣場看見他，和一個給他納稅人優雅風格建議的納稅人在一起。

35 頭音節省略 Aphérèses[23]

上輛載客車，意到個輕人，子得頸鹿，子有繩。一個客怒，怪次人下車的腳。後位下了。

岸時，見個友來去，友著衣一顆子，裝上議。

23 原文為單詞的頭音節省略，呈現斷簡殘篇貌。中譯版以省略單詞首字表現。

36 尾音節省略

Apocopes[24]

我坐一滿乘的公，注意一年輕，脖長像長頸，帽繞編。他對另一旅動，責他每有上下就踩他的。然他去空坐下。

回左時，我看他和一朋走走，朋指他風的第一扣，給他衣裝的建。

24 原文為單詞的尾音節省略，中譯版以省略單詞最末一字表現。

37 詞中音節省略 Syncopes[25]

我坐盎一樣滿載遲客的哥車，注到一個年人，脖呃長呃像長鹿，帽呃繞偶逼繩。他對另個旅呃動兀，責愛他踩腳。然後他去空欸坐了。

回恆的時噢，我在羅場看他上呃加噢子的優啊穿課。

25 原文為單詞的詞中音節省略，中譯版除了省略詞中一字，另以摘除詞中子音或母音表現。吞字現象在台灣口語中亦常見。

38 我、我、我

Moi je

我嘛，這**我**懂的：某個傢伙不停踩你的腳，讓你超不爽。不過，抗議後像個膽小鬼一樣跑去坐下，**我**嘛，這**我**就不懂了。**我**呀，**我**某天在S線公車車尾平台看過這種事。那個年輕人，**我**啊，**我**覺得他脖子有點長，那條繞著他帽子的、編繩類的裝飾也很可笑。**我**呀，**我**才不敢戴這種帽子上街！不過，就像**我**跟你說的，他對著踩他腳的乘客叫罵一頓後，就跑去坐下了，沒下文了。要是**我**的話，**我**早就賞那個踩**我**腳的王八蛋一巴掌了！

天下事無奇不有，**我**跟你說喔，無巧不成書[26]！兩小時後，**我**呀，**我**又遇到了這個男孩子。**我**啊，**我**在聖拉札車站前看到他。**我**啊，**我**看到他和一個跟他同款的朋友在一起，那朋友告訴他——**我**呢，**我**聽到他說：「你應該把這顆扣子往上縫。」**我**呀，**我**看得清清楚楚，他指著最上面的那顆扣子。

26 此俗諺原文為«il n'y a que les montagnes qui ne se rencontrent pas»，意思為「總有偶然再相遇的可能」，或可譯為「山水有相逢」，但無「冤家路窄」之意，故按上下文，取「無巧不成書」之巧合意。

39 驚嘆 Exclamations

對了！是中午！搭公車的時間！人超多！人超多！人擠人耶！笑死人了！那個傢伙！長那個什麼樣！還有那個脖子！七十五公分長！至少喔！還有那條編繩！那條編繩！我剛才沒看到！編繩！這是最好笑的！這一點！編繩耶！繞著他的帽子！竟然是一條編繩耶！太好笑了！超級好笑！！啊看吧，他在抱怨了！編繩男！罵他身邊的乘客！噢他對他講那什麼鬼話！對那個乘客！那乘客疑似踩了他的腳！他們要互摑巴掌了！一定會！啊不會！啊會啦！上啊！上啊！咬他啦！衝啦！揍他啦！哎喲！沒戲了！他氣消了！那傢伙！長脖子那個！編繩男！他衝去一個空位了！對！那傢伙！

呃！真的！不會吧！我沒看錯！是他沒錯！在那邊！在羅馬廣場上！聖拉札車站前！走來走去的！和另一個男的一起！那個男的跟他說那啥！他應該加顆扣子！對！在他的風衣上加一顆扣子！在他的風衣上！！

40 就、就、就

Alors

當時公車**就**來了，我**就**上了車。然後我**就**看見一個引起我注意的傢伙。我**就**看見他的長脖子，也看見繞著他帽子的編繩。然後他**就**咒罵起他身邊**就**踩了他的腳的乘客。然後他**就**去坐下了。

然後，那天稍晚，我**就**又在羅馬廣場看見他。他當時**就**和一個朋友在一起。當時那朋友**就**對他說：「你應該請人在風衣上另加一顆扣子。」**就**這樣！

41 浮誇風 Ampoulé[27]

在晨曦玫瑰色的手指開始龜裂之時，我如迅速擲出的標槍，上了一輛體型龐大、有著牛兒般一雙大眼、行車路線曲折的S線公車。我以如備戰的印第安人般的精確和敏銳，注意到在場有個年輕人，脖子比腳程快的長頸鹿還長；他有凹痕的軟氈帽，則如某風格練習的主人翁一樣，裝飾著一條編繩。預示著不幸的、胸如碳黑的不睦女神，現身來用她因牙膏闕如而臭氣熏天的口——不睦女神，我說，現身來散播她惡性的病毒，在這帽上繞有編繩、長頸鹿般的年輕人和一名面色慘白、帶優柔寡斷之色的乘客之間。前者用以下話語向後者表示：「噫！惡人，您看似故意往我的腳上踩！」語畢，帽上繞有編繩、長頸鹿般的年輕人，很快到別處去坐下了。

稍晚，在氣勢雄偉的羅馬廣場上，我又看見了那名帽上繞有編繩、長頸鹿般的年輕人，身邊傍著一名宛如美姿美儀評審般的同伴。這同伴正對他發表著以下我得以由我靈敏的耳朵親聞的批評。那針對帽上繞有編繩、長頸鹿般的年輕人最外一層衣服的評語乃是：「你也許應該在其環繞的外緣，以增添或往高處提升一顆鈕扣，來減少領口的開敞度。」。

27 本練習中的比喻與形容，如「玫瑰色的手指」、「牛兒般一雙大眼」、「腳程快的」等，典出荷馬史詩《伊里亞德》及《奧德賽》。

42 粗俗風

Vulgaire

我上了S的時候有一點超過中午了。我就上了咩，當然也買票了咩，然後就醬看到一個矬矬的蠢蛋，脖子可以說長得像望遠鏡，頭上的帽子還繞著一種繩子。我一直看他因未我覺得他很矬，醬看一看他忽然卯起來幹譙他旁邊的乘客。喂喂老兄，他對他說，你不能小心一點嗎，他又說，你看起來，他哭爸說，粉故意喔，他結結巴巴說，老是咕意踩我的咖，他說。醬說完，他超自爽，跑去坐下了。矬爆了。

我晚點又今過羅馬廣場，看到他跟另一個同款的蠢蛋在那邊侃大山。哎呀，那另一個蠢蛋對他說，你應該喔，他對他說，多搞一顆扣子，他又加一句，在你的風衣上，他最後醬說。

43 審訊版

Interrogatoire

「當天中午十二點二十三分發車的、往香培瑞門方向行駛的S線公車，經過的時候是幾點？」

「十二點三十八分。」

「當時在上述的S線公車上，人多不多？」

「有一大堆。」

「您注意到了什麼不尋常的地方嗎？」

「有個脖子很長的人，他的帽子上繞著一條編繩。」

「他的舉止也跟他的穿著和長相一樣奇特嗎？」

「一開始的時候，沒有。他很正常，但是後來他表現出一種有點低血壓、患了腸躁動、有被害妄想症的躁鬱症患者的樣子。」

「這表現在什麼上頭？」

「這個人用哭腔叫住了他身邊的乘客，質問他是不是每次有乘客上下車時就故意踩他的腳。」

「這項指控成立嗎？」

「我不清楚。」

「這事件是怎麼收場的？」

「這個年輕人火速逃離現場，去搶佔一個空位。」

「這事件有後續發展嗎？」

「有，不到兩個小時後。」

「後續發展是什麼？」

「這個人又出現在我面前。」

「您是在哪裡又怎麼看見他的？」

「我坐公車經過羅馬廣場，從車上看見的。」

「他當時在做什麼？」

「他正在接受穿衣風格諮詢。」

44 戲劇版 Comédie

第一幕

第一場

（在S線公車車尾的平台上，某日，近中午時）

售票員：請自備零錢！

（乘客們給了他零錢）

第二場

（公車停下來）

售票員：先下後上！有沒有優先上車的乘客？有一個！客滿了！噹！噹！噹！

第二幕

第一場

（布景相同）

乘客甲（年輕、長頸、帽上繞有編繩）：先生，每次有人經過，您似乎就故意踩我的腳！

乘客乙（聳肩）。

第二場

（乘客丙下車）

乘客甲：（對觀眾說）啊太棒了！有空位！我衝了！（他衝向空位，並把位子佔了）

第三幕

第一場

（羅馬廣場）

優雅青年：（對現已成為行人的乘客甲說）你風衣的領口太開了。或許應該請人把上面那顆扣子往上縫，讓領口開得窄一點。

第二場

（在一輛行經羅馬廣場的S線公車上）

乘客丁：喲！剛剛跟我搭同一班車，在車上跟人吵架的那個傢伙！奇怪的偶遇！我要把它寫成無韻三幕劇！

45 內心獨白 Apartés

塞滿乘客的公車來了。希望我不要錯過這班車，運氣好還有我的位子！乘客之中，有個人表情滑稽、脖子超長的戴著一頂繞有某種取代絲帶的細繩的軟氈帽這讓他看起來很自命不凡，忽然間喲他不知發什麼神經叱責起他身邊的乘客那人沒注意聽他在嚷啥，他責怪那人故意踩他看似要跟那人單挑，但馬上就畏縮了他的腳。然而公車上有空位了我就說吧，他便轉過身去，跑去坐下了。

大約兩小時後莫名其妙也還真巧，他和一個朋友和他同款的蠢蛋在羅馬廣場那兒，朋友用食指指他風衣上的一顆扣子給他看哎他能跟他講些什麼呢？

46 同音節重複

Paréchèses

在一輛把笨伯般的稗官，載往目的地不像沓里島的大巴車跛平吧上，一個荒腔走靶的奇葩，嘴巴和胸部間有超高海拔，高禮帽沒絲帶爬，忽然對著那扒扯他的大爺亂叭：「惡霸！欺人卻倒打一耙！」語罷，始怕，如炮彈卡食物吧那般，向空位一趴。

沒多久吧，像開秘密趴，八拜交勸他啊：「傻巴！這芭比般的排扣，把不住你的大褂！」

47

鬼魂版

Fantomatique

吾等，蒙梭平地的獵場看守人[28]，有幸在此報告，本日一七八三年五月之第十六日，在大名鼎鼎的菲力普奧爾良公爵殿下[29]之園林東門附近，出現了一頂成因無法解釋且不吉的軟帽，形狀頗不尋常，並繞有一條編織的飾帶。吾等隨後觀察到上述軟帽之下，忽然冒出了一名年輕男子，帶有超乎尋常的長頸，衣著款式大抵如同人們在中國穿的那種。此無名氏恐怖的外表令吾等毛骨悚然，使吾等無法逃離現場。此人靜止不動片刻後，開始躁動起來，咕噥抱怨著，彷彿想趕走其身畔吾等不可見、而只有他感應得到的其他人。忽然間，他轉而關注他的大衣，吾等聞其自言自語如下：「少了一顆扣子。少了一顆扣子。」他於是動身前往皇家園圃區[30]。吾等為此怪異現象所誘，乃超出吾等職守範圍，尾隨此人而去。吾等一行三人，含此人及此帽，抵達一方種植生菜沙拉之無人小菜圃。一塊來源不詳、但必為魔鬼傑作的藍匾[31]上書：「羅馬廣場」。此人又躁動了須臾，喃喃道：「他當時想踩我的腳。」然後兩者便消失了——首先是此人，而後是他的帽子。在完成以上魂銷魄散始末報告書後，我前往小波蘭區[32]飲酒。

28 舊時蒙梭公園附近曾為王室的狩獵場。

29 應指 Louis-Philippe d'Orléans（1747-1793）。

30 Pépinière，今 Place Saint-Augustin 一帶，離聖拉札車站不遠。

31 指巴黎的深藍色路牌。

32 La Petite-Pologne，十八世紀巴黎的平民區，位於今聖拉札車站附近。

唯有大都市得以向現象學之精神性，提供時間上與或然率極低的巧合之本質性（essentialités）。有時會搭上 S 線公車微不足道且工具性的無存在性（inexistentialité）的哲學家，藉此能以他第三隻眼的明徹性，覺察到一個承受著虛榮的長頸及無知的帽上編繩的世俗意識迅速消逝且無色彩的外表。這無真正的「隱德來希」（entéléchie）[33] 的物質，有時會全身投入其生命衝力（élan vital）[34] 的絕對命令（l'impératif catégorique）[35] 中，非難某種不帶意識的身體機制表現出的新柏克萊式非現實（l'irréalité néoberkeleyienne）[36]。這種道德態度，導致了兩者間較無意識者，衝向了一個虛空的空間性，在此處分解成原初的鈎形元素 [37]。

正常來說，哲學研究因與此同一生命體類比式的偶遇而持續。此生命體由非本質的裁縫同類伴隨著，後者以一種屬於本體的形式（nouménalement）[38]，建議他在知性（l'entendement）上，將從社會學上來說位置過低之風衣鈕扣的概念移位。

33 亞里士多德用語。

34 柏格森（Henri Bergson，1859-1941）用語。

35 康德用語。

36 指與柏克萊（George Berkeley，1685-1753）哲學思想相關的新學說。

37 指古典哲學中，構成世界上所有物質的最基本實體或能量。

38 康德用語，指屬於本體的（noumène），智性上可理解的，與通過感官顯示的現象對立。

49 頓呼法

Apostrophe

噢！白金羽毛筆啊！願你流暢迅速的馳騁，在有亮光紙背的紙面上，勾勒出字母的圖樣，藉以向戴著閃亮眼鏡的人們，**傳達出兩場因公車風而偶遇的自戀敘事！**吾夢中傲視群倫之駿馬，文學榮耀下忠心耿耿之駱駝，苦吟、推敲、精選字詞之輕泉，**描繪出詞彙及句法之弧吧！**它們將以圖象表現出那某日搭上S線公車而未料自己將成為我苦心孤詣著作中不朽主人翁的青年的舉動及發生之事實，那微不足道的瑣碎敘事。**頭戴飾以編繩之帽，壞脾氣、愛抗議且無勇氣，輕浮的長頸青年啊：**從爭執中逃脫，奔向一張硬木製的長椅，將你被踢了幾腳的臀放上去的你，當你在聖拉札車站前，以一隻熱切的耳朵，聆聽某個受你風衣最上面那顆鈕釦啟發的人，給你那裁縫師的建議時，**可曾料想到這場修辭學的際遇**？

50 笨拙寫手

Maladroit

我沒有寫作的習慣。我不太知道耶。我滿想寫一齣悲劇或一首十四行詩，或一首頌歌，可是這些都有格律。這讓我覺得很困擾。都不是業餘寫手寫得來的。以上這段已經寫得很差了。好吧！總之，今天我遇到了一件讓我想用筆寫下來的事。用筆寫下來讀起來好像不太優。這應該算是會讓那些幫必在稿件中尋找不可或缺的原創性的出版人審稿的專業讀者嫌惡的現成表達法之一，稿件在會被類似「用筆寫下來」這種現成表達法惹惱的審稿人閱讀之後他們才會出版，可是「用筆寫下來」這種現成表達法的確是我想對我今天的所見所聞做的事啊，雖然我只是個受悲劇、十四行詩或頌歌的格律困擾的業餘寫手，因為我沒有寫作的習慣。啊糟糕！我不知道我做了什麼竟然又回到了開頭！我恐怕寫不出來了！哎算了！有人說抓牛得先抓牛角，面對困難要正面迎擊！啊又來一句陳腔濫調！況且那傢伙完全沒有一點牛樣。欸？這不錯喔。如果我這樣寫：讓我們先從他那被安上了長頸[39]的軟氈帽上的編繩，來抓起這個小白臉吧！這樣可能很有創意喔。可能會讓我受法蘭西學院諸院士、花神咖啡館和伽利瑪出版社的諸位先生賞識。畢竟誰說我不會進步的？人是勤寫作才成（勞）作家[40]的！啊這句太強了！不過還是得有點分寸才好。公車車尾平台上的那名男子，當他拿他身邊的乘客每次縮起身子讓其他乘客上下車時就踩他的腳作藉口，來臭罵那人時，就是少了點分寸。更何況這樣抗議過後，他一看車廂內有個空位，就迅速跑過去坐下了，好像怕被揍一樣。哎喲我已經講了一半的故事了耶！我自己都不知道怎麼辦到的。寫作還是滿讓人愉快的嘛。不過最難的部分還沒寫到。最難處理的。過場。更何況其實沒有過場。我還是在此停筆好了。

39 「被安上了長頸」：語出拉封丹（Jean de La Fontaine）寓言〈鷺鷥〉（«Le Héron»），«Le héron au long bec emmanché d'un long cou»「被安上了（意為「帶有」）長頸的長嘴鷺鷥」。

40 «C'est en écrivant qu'on devient écriveron»。格諾改寫原諺語 «c'est en forgeant qu'on devient forgeron»（人是邊打鐵才成為鐵匠的），意即從實作中才會熟能生巧。

51 淡定風 Désinvolte

一、

我上了公車。

「是往香培瑞門方向嗎？」

「您自己不會看嗎？」

「對不起。」

他在他的肚子上剪我的票。

「好了。」

「謝謝。」

我看看四周。

「喂喂，您啦！」

他的帽子上繞著一條編繩。

「您就不能小心一點嗎？」

他的脖子很長。

「欸！太過分了吧！」

結果他衝去搶一個空位了。

「好吧。」

我對自己說。

二、

我上了公車。

「是往古壕溝外護牆廣場方向嗎？」

「您自己不會看嗎？」

「對不起。」

他手搖風琴式的剪票機開始運作，然後他把票還給我，票上多了曲調似的小孔。

「好了。」

「謝謝。」

車行經聖拉札車站前。

「喲！剛剛那個傢伙！」

我豎起耳朵聽。

「你或許應該請人在你的風衣上另加一顆扣子。」

他指給他看在哪兒。

「你的風衣領口太開了。」

這倒是真的。

「好吧。」

我對自己說。

52 偏見

Partial

等了超久的公車終於轉進街角，停在人行道邊。有幾個人下車了，另外幾個人上了車：我是上車的乘客之一。人們擠在公車的平台上，收票員猛力拉了吵鬧的車鈴，公車於是又繼續開。我一邊從車票本裡剪下要交給帶著小盒狀剪票機的收票員在他肚皮上剪的車票，一邊開始觀察我四周的乘客。我觀察的只是身邊的乘客。不是女乘客。所以是一種不帶私心的眼光。我很快就在四周黑鴉鴉的人群中，看到了亮點：一個二十多歲的男孩子，頭小脖子長，小頭上戴著一頂大帽子，大帽子上繞著一條風騷小編繩。

真是個衰男！我對自己說。

這男孩還不只是一臉衰樣，他可壞的哩。他自認是受委屈而憤憤不平的一方，指責一個很普通的城市居民，每當有人上下車經過，就踩扁他的腳。那人用非常嚴厲的眼光瞪著他，想著要從他隨人生各種經驗累積的髒話大全中，找出一句凶狠的來回嘴，不過這一天他在其中沒找到半句。至於那個年輕人，害怕被掌摑，趁著一個座位空出來的時候，衝過去坐下了。

我在他之前下車了，沒能繼續觀察他的行為。我幾乎要忘了這個人，沒想到兩小時後，我在羅馬廣場那兒又看到了他，我在公車上，他在人行道上，還是那副可悲的模樣。

他和一個看來是他的服裝顧問的同伴走來走去。那同伴以一種時尚公子賣弄知識的口吻，建議他請人多加一顆扣子，讓風衣領口閉合一點。

真是個衰男！我對自己說。

然後我們——我和公車——又繼續上路了。

53 宋詞

Sonnet[41]

頸長面如瓷，帽帶編成辮。草包日乘車，滿載時分現。
此線喚哀思，車尾平台淺。擦膀復挨肩，炫富點菸捲。
長頸青年上露臺，怨嗔鄰客踏蹄哀，怯夫見位遂逃開。
飛轉金烏遲玉兔，回程又見頸長孩，潑才為扣費疑猜。

41 原文為十四行詩，中譯版以行數相同之詞牌（〈生查子〉、〈浣溪沙〉各一闋）連綴代之。

54 嗅覺 Olfactif

在這輛正午的S線公車上，除了平常就有的氣味：波波、墨佛、德國特呢和可樂、鴿子、蚵仔、盒子、雞精、漆器、西瓜、蜘蛛、癡人、蝨子、日式美乃滋、瓷器、絲衣、烏魚子的氣味[42]以外，還有某種長脖子的青春氣味，某種編繩的汗味，某種憤怒的嗆人辛辣，某種懦弱和便祕的臭味，臭得讓我兩小時後經過聖拉札車站前，還能從一顆位子不對的扣子中散發出來的時髦的、富裁縫師式[43]的化妝品香氣中，辨認出它們來。

42 原文為字母 a 到 y 的諧音連綴，中譯版改以ㄅㄆㄇㄈ等聲母連綴。

43 tailoresque：格諾自創詞，或與一九二〇年代末出版的簡易英語教材開篇之句 «My tailor is rich.» 有關。

55 味覺 Gustatif

這輛公車嘗起來有某種味道。這很匪夷所思，但卻是無庸置疑的。每輛公車的味道不盡相同，有人這麼說，不過這倒是真的。只要親身體驗就知道了。那一輛——講得更白一點——S線公車微微帶有一種烤花生的味道，我這就賣個關子，不多說了。車尾平台有它特殊的滋味，不僅是烤花生，甚至是用腳踩碎的花生的滋味。跳板上方一百六十公分之處，有個貪吃鬼——其實沒有這個人——的話，她應該可以舔到某種酸酸的東西，也就是某個三十幾歲的男人的脖子。再往上二十公分處，發達的味蕾則可品嘗到稀有的、帶點可可味的編繩。然後我們可以品味爭執的泡泡糖、惱火的爆栗、憤怒的葡萄和一串苦澀的果實。

兩小時後我們應該可以吃到甜點的：風衣上的一顆扣子……一顆真正的榛果……

56 觸覺 Tactile

公車的觸感是很柔軟的，特別是我們從兩腿之間、用兩手從頭摸到尾，從引擎摸到車尾平台的話。不過當我們站在平台上時，則會感受到某種較為粗糙不平之物——鋼板或扶手桿，有時也會碰到某種比較渾圓也比較有彈性的東西——半個屁股。有些時候兩邊屁股都有，這樣的話就把句子裡的「半個」去掉。此外，也有可能抓到一個管狀的、跳動的、傾洩出愚蠢聲音的物體，或一個帶有比念珠柔軟、比帶刺鐵絲絲滑、比繩子柔順和比電纜更細的螺旋形織物的用品。我們或許也可以用手指碰觸到因天氣熱而稍微黏滑、黏稠的，人類的蠢行。

然後如果我們耐心等一兩個小時，便能在一個凹凸不平的車站前，將微溫的手，探入由一顆位子不對的椰殼鈕扣帶來的美妙涼意中。

57 視覺 Visuel

整體來說，它是綠的，帶白頂，長形的，有窗玻璃。這些窗玻璃，不是隨便誰都能製造的。平台沒有顏色，硬要形容的話，是半灰半棕。最主要是有許多弧形，幾乎可說是一堆S。不過在這樣的中午，尖峰時刻，乃是一團很奇怪的混亂。如果要好好描述的話，得從這一團混合物中，拉出一個淺赭色的長方形，在它的一端插上一個淺赭色的橢圓形，再在上面放一頂深赭色調的、繞著一條錫耶納[44]焦紅土色混織編繩的帽子。然後再給你一塊鵝黃色的斑點來表現狂怒，一個紅色三角形來表達氣惱，還有一縷青來呈現縮進去的怒膽，與怕事的恐懼。

這之後，再給你畫一件那種小小的、漂亮可愛的海軍藍大衣，上面——就在領口下方——帶有一顆畫得完美準確的、漂亮可愛的小扣子。

44 Sienne，義大利城市，位於托斯卡尼地區。

58　聽覺　Auditif

哐哐又劈哩啪啦地，S線嘎吱嘎吱地擦過寂靜無聲的人行道。太陽的長喇叭為正午降了半音。行人們如高聲亂吹的風笛，嚷嚷著他們的排隊號碼。有些人升了半音，這足以讓他們被載往有著如歌般拱廊的香培瑞門。在這些氣喘吁吁的幸運兒之中，有一支單簧管，因時局不幸而被賦予了人形，且為帽商的變態心理所害，在他的定音鼓頭上，放了一把類似吉他、而吉他絃似乎被編成腰帶的樂器。忽然間，在積極主動的男乘客與同意配合的女乘客的小調合聲，以及貪婪收票員羊叫似的顫音中，爆發了一場滑稽刺耳的喧鬧。眾聲喧嘩中，低音提琴的狂怒混入了小喇叭的氣惱和巴松管的膽怯。

接著，在四分休止符的嘆息、休止符下的沉默、全休止符和大休止符之後，突然響起了一顆扣子正往上升高八度的凱旋曲。

59 電報式 Télégraphique

公車　擁擠　停頓　青年　長頸　帽　編繩圈　斥責　陌生乘客　無正當理由　停頓　手指　腳
踩傷　問題　聲稱　故意　接觸　腳跟　停頓　青年　爲了　空位　放棄　爭論　停頓　下午二時　羅
馬廣場　青年　聽　同伴　服裝　建議　停頓　移動　扣子　停頓　大角星　上

60 頌歌 Ode

在彼公車
彼公車上
S線一班
有S字樣
在大街前
在圓環旁
輕快輕快
前路自創
駛近蒙梭
駛近馬場
於大熱天
頂大太陽

有個男孩
脖子太長
戴頂帽子
帶根臘腸
在彼公車
彼公車上

在帽之稜
在臘腸上
有條編繩
有根芭芒
在彼公車
彼公車上
七拉八扯
七跌八撞

發生推擠
發生推搡
那個男孩
脖子太長
罵罵咧咧
罵槐指桑
抗議口業
抗議推搪
在彼公車
彼公車上
然而口業
然而推搪
露出利牙
鼓起腮幫
不太容易

不能冗長

在彼公車

彼公車上

那個男孩

脖子太長

將他雙臂

將他雙槍

放上座椅

挪進車廂

在彼公車

蠢蛋之鄉

在彼座椅

蠢蛋車廂

吾乃詩人

意氣洋洋
稍晚之時
白日未央
聖拉札站
羅馬廣場
彼火車站
不收奸商
又見彼男
脖子太長
身上風衣
頗為窩囊
為了扣子
為了胸膛
隨著友伴
連說帶唱

在公車邊
在公車旁

這個故事
這段說唱
您若有意
不厭其詳
切勿放棄
切勿張揚
直到某日
直到過晌
S線公車
在公車上
您親眼見
雙眼大張

那個男孩
脖子太長
還有帽子
還有臘腸
還有扣子
還有胸膛
在彼公車
彼公車上
S線公車
公車之上

61 單字遞增置換 Permutations par groupes croissants de lettres[45]

時在S線公　某日近中午　台上我看見　車的車尾平　長的年輕人　一個脖子超有編織飾帶　戴著一頂繞　的帽子。了他身邊的乘　忽然間他叫住　當有乘客上下客聲稱那人每　他的腳　車時就故意踩。放棄爭執急奔向　不過他很快地就　位子一個剛空出來的。

聖拉札車站前　又見　幾個小時以後　我在　討論著　同伴　建議他他和　一個同伴　熱烈　扣子　往上縫　請人　把風衣　第一顆。

45 原文第六個字母，帶後面四個字母前挪，按此規則每句遞增置換。字母在中文版中以單字代之。

62 單詞遞增置換

Permutations par groupes croissants de mots[46]

日某中午時近，S線在車尾公車的上平台，看見我脖子一個年輕人超長的，一頂戴著編織繞有帽子飾帶的。叫住了他忽然間他聲稱那人身邊的乘客　乘客上每當有就故意下車時腳踩他的。就放棄爭執不過他很快地，剛空出來的位子急奔向一個。

在聖拉札車站前幾個小時以後我，一個同伴熱烈討論著又見他和。把風衣第一顆扣子同伴建議他請人往上縫。

46　原文單詞詞序前後倒置，由1:1起遞增。中譯版大致以詞意為單位。

63 漢儒風

Hellénismes[47]

飛軨之輿，滿載輶軒使者。日中未昃，客乃得此奇觀：逾弱冠之小子，頸如百尺巨柱；方領圓冠，繫流麗之編繩。無名蜉蝣，朝生夕死，因踏其足，遭其咒詛。然見空席，如夏服之勁箭，彈射入坐。

移時之間，客於聖拉札驛，感應斯人，正與同儕辯士，風乎舞雩，士就臍中神闕，進獻上移之策。

47 格諸以古希臘文字根與哲學、文化典故新創詞彙入文，中譯版代之以漢代詞彙及儒家典故，並參考散體賦句式。

64 集合論

Ensembliste

在S線公車上，讓我們將坐著的和站著的乘客，分別視作集合A和集合D。在某一站，等車的人用集合P代表。令集合C為上車的乘客，亦即集合P中的子集，其本身同時也是待在車尾平台上的乘客集合C'與找到位子坐下的乘客集合C''的聯集。試證集合C''為空集。

集合Z為全體年輕爵士樂迷[48]，{z}為Z和C'的交集，其中只有一個元素。由於z之腳投向y（有別於z的、無論C'中的什麼元素）之腳的滿射函數，引發了集合M，為z元素說出的話。集合C''不再為空集後，試證其由唯一元素z組成。

現在令集合P為所有位於聖拉札車站前的行人，{z}、{z'}為Z與P的交集，集合B為z風衣上的所有扣子，集合B'為根據z'的看法上述扣子所有可能出現的位置，試證B到B'的單射非雙射函數。

48 zazous，一九四二年在巴黎出現的詞彙，指稱醉心爵士樂、穿著打扮怪異的年輕人。

65 定義式 Définitionnel

在一輛由第十九個字母命名的、自動的大型市內公共運輸工具上，有一個怪異的年輕人，被以一九四二年在巴黎取的外號稱呼，身上連接頭和肩膀的部位延展距離頗大，而在身體高處的一端戴著一頂形狀多變、繞有編成辮子的厚絲帶的帽子——這個怪異的年輕人，一邊將某人把腳一隻接一隻挪到他腳上的錯誤，歸咎到一個從一處移動到另一處的個體身上，一邊開始往一個設置在那兒讓人坐的用具前進，那用具剛空了出來。

一百二十秒後，我又在一條鐵路用來存放貨品和讓乘客上下車的的全體建築物及鐵軌前見到他。另一個也被以一九四二年在巴黎取的外號稱呼的怪異年輕人，給了他一些關於應該怎麼處理某金屬、牛角、木頭等製成的、以布料包裹或否、用來扣住衣物的圓狀物的建議，而在眼前的情況中，是用來扣住一件穿在其他衣服外面的男用衣物。

66

短歌

Tanka[49]

一公車駛來
怪帽樂迷青年上
有碰撞一場
稍晚聖拉札站前
一顆成問題之扣

49 短歌為日本傳統詩歌體式，五句三十一音節，以五七五七七順序排列。

滿載的

公共汽車

空的

心

長的

頸

編織的

帽帶

扁平的

扁平而被踩扁之

足

空的

位

和一場在千燈俱滅的車站附近的

不期而遇

與這顆心、這個頸、這條帽帶、這些腳、

這一個空位，

和那一顆扣子。

68 平移

Translation[50]

在Y緹上，尖峫暄制，一名大約三十二殀的畀子，簡單的帑子繞著替代絣幀的繰子；過長的脘子，看起來好像被人往上拉過。仍們下車了。互伋中的畀子對一個糺宴發怒。他用一種想裝兇的哭牌，責怪那仍每次有仍經過就推擠他。他由於看到一個空佛，火速衝了過去。

八小暄後，我在聖拒杌軏竭前的羊駻廣堠又遇見他。他和一個同伽在一起，同伽對他說：「你應該請人在你的颳衰上多加一個扢子。」同伽指給他看應該加在哪兒（頦叩處），並告訴他為什麼。

50 文中所有名詞，皆由字典中原詞後面第六個詞平移代之。中譯版乃以教育部重編國語辭典為基準，平移原字後第六個字。

69 漏字文 Lipogramme[51]

事情是這樣：

公車在站牌前停下了。有個年輕爵士樂迷，脖子超長，頭上戴著帽子，帽上有軟絲帶。他攻擊某人，那人腳、雞眼、老繭都因而變形了。然後他衝向一張長椅，坐上折疊椅座，椅座無人佔。

稍晚，在聖拉札車站前，一個朋友對他說：「你那插肩大衣上，有顆扣子縫太高。」

事情就是這樣。

51 原文少了最常見的字母 e，中譯版以去「的」代之。

70

英語化

Anglicismes

有一怠的瞇怠，我抬客巴士，隙到一個央鰻，內可很長，黑特有某慨引的編織蕾絲。忽然間，這個央鰻逼抗斯克銳雞，阿Q死一個體面的瑟兒，出一得了他的頭斯。然後他如盎向一個沒被歐Q派的席特。

在累特一些的凹兒，我厄幹恩隙到他；他在聖拉札史待遜前渥克來渥克去。一個美男及撫了他一個關於巴騰的阿德歪斯。

71 詞首增音

Prosthèses[52]

ㄔ某ㄅ日，ㄏ近ㄉ中午ㄎ時，ㄉ在ㄋ一輛ㄙ公車的ㄎ車尾ㄙ平台上，ㄆ離ㄡ蒙梭ㄟ公園ㄙ不遠處，ㄍ我ㄎ注意到ㄋ一個ㄐ脖子ㄎ超長的ㄎ年輕人，ㄍ展示出ㄋ一頂ㄌ繞有ㄎ取代ㄎ絲帶的ㄟ編織ㄎ飾帶的ㄔ帽子。ㄙ忽然間，ㄅ他ㄎ叫住了ㄅ他ㄎ身邊的ㄎ乘客，ㄎ聲稱ㄎ此人ㄓ每當ㄌ有人ㄎ上下車時，ㄍ就ㄊ故意ㄎ踩他ㄍ腳。ㄅ他ㄈ很快地ㄍ就ㄆ放棄ㄍ爭論，ㄆ往ㄋ一個ㄊ空位ㄙ撲去。

ㄍ幾個ㄎ小時後，ㄍ我ㄌ又在ㄎ聖拉札ㄎ車站前ㄙ看到他，和ㄋ一個ㄙ同伴ㄉ熱烈ㄙ討論中。ㄙ同伴ㄜ給了ㄅ他ㄋ一些ㄙ關於ㄅ他ㄈㄈㄈㄈㄈㄈㄈㄈㄈㄈ風衣ㄙ扣子的ㄐ建議。

[52] 詞首增音常見於拉丁文詞彙進入法文的轉化過程，如在 [sp], [st], [sk] 子音前加上母音 e，便於發音。格諾則於詞首自由添加各種子音或母音，有時看似錯誤的連音或口語中省略的音節，有時則看似某種新創詞。中譯版插入注音符號，仿火星文。

72 詞中插音 Épenthèses[53]

抹～日，及～蔭中嗡～午時，咂～易一裏歐～埃S線公嗡～車車一～尾平嗯～台上，我歐～看嗯～見一裏歐～脖兒子超噢～長的男嗯～子，頭嗚～戴一～頂繞噢～有取一～代絲呃～帶的編嗯～織飾呃～帶的帽噢～子。突一～然間，他叫噢～住了他身嗯～邊的乘嗯～客，聲嗯～稱此一～人每一～當有嗚～人上嗯～下車時，即～優故嗚～意踩一～他腳噢～。不嗚～過，他很嗯～快一～地即～優放嗯～棄爭嗯～論，往一裏～空嗯～位撲嗚～去。

幾一～個小噢～時後，我歐～又歐～在聖嗯～拉啊～札車一～站前看嗯～到他和一個同嗯～伴熱呃～烈討噢～論中。同嗯～伴對一～他說，他應嗯～該請嗯～人把他風嗡嗡嗡嗡嗡嗡嗡嗡～衣的第一顆扣歐～子往上嗯～縫一點嗯～兒。

[53] 詞中插音原為一便於發音而在詞中插入贅音的語言現象，格諾亦藉此自由發揮。中譯版以添加或拖長母音來表現。

73 詞尾加音

Paragoges[54]

某又日兒，近ㄍ中午ㄉ時兒，在ㄌ一輛兒公車兒的車尾兒平台兒上ㄣ，我ㄅ看見ㄣ一個兒脖子兒超長ㄣ的年輕人兒，頭兒戴ㄒ一頂兒繞有ㄨ取代ㄒ絲帶ㄒ的編織ㄉ飾帶兒的帽兒。忽然間兒，他ㄎ叫住了ㄅ他身邊兒的乘客兒，聲稱ㄣ此人兒每當兒有人兒上下車兒時，就ㄨ故意兒踩ㄉ他腳兒。然而ㄣ，他ㄎ很快地ㄆ就ㄨ放棄ㄅ爭論兒，往ㄣ一個兒空位兒撲去ㄌ。

幾個兒小時兒後ㄨ，我ㄅ又在ㄎ聖拉札兒車站兒前ㄣ看到ㄠ他ㄎ和一個兒同伴兒熱烈ㄉ討論兒中ㄣ。同伴兒對他ㄎ說兒，他ㄎ應該ㄎ請人兒把他ㄉ風衣一一一一一一一一一一的第一顆兒扣子兒往上縫兒一點兒ㄣ。

54 詞尾加音與前兩則練習在原則上雷同，然有時原是為了使音韻和諧。中譯版則以置入兒化音與注音符號做變化，回應格諾的自由發揮。

74 詞性分類

Parties du discours[55]

量詞：個、頂、顆。

名詞：日、中午、公車、平台、S線、蒙梭、公園、男子、脖子、帽子、飾帶、絲帶、乘客、腳、次、爭論、位子、小時、聖拉札、車站、同伴、領口、風衣、裁縫、扣子。

形容詞：車尾的、滿載的、大的、空的、長的、編織的。

動詞：看見、戴、繞有、叫住、聲稱、踩、上、下、放棄、撲、又見、討論、說、減少、請、縫。

代詞：我、他、他的、此人、每個、一切、某。

副詞：少、近、大聲地、故意地、此外、很快地、稍晚。

介詞：在、在……上、在、在……前、跟、被、對、往。

連詞：和、或。

55 部分詞彙按中文詞性調整與分類。

75 單字換位

Métathèses[56]

日某，時近午中，上一輛車公的尾車台平在，我意到注一個子脖長超的子男，戴頭一頂有繞種某子繩的子帽。忽間然，他稱聲他邊身的客乘意故踩腳他。而然，他免避了執爭，往一個位空去衝。

個兩時小後，我又前札拉聖站車在到看他，和人某一在起。人那他給了於關一顆子扣的議建。

56 原為字母或鄰近音節換位，中譯版以字為單位。

76 前前後後

Par devant par derrière

某日——從**前面**來說，近中午時——從**後面**來說，在一輛從**後面**來說幾乎滿載的從**前面**來說的公車之從**前面**來說的車尾——從**後面**來說——的平台上，我從**前面**看到一個從**後面**看起來**前面**有個**後面**超長的脖子的男子，**前面**戴著一頂**後面**繞有取代了**前面**絲帶的編織飾帶的帽子。突然間，他從**後面**開始，當著**後面**一名乘客**面前**怒罵起他來。他從**前面**說，此人每當有在**前面**的乘客從**後面**上車時，就從**後面**踩他在**前面**的腳。接著，他從**後面**跑到了**前面**坐下，因為一個靠**後面**的位子在**前面**空了出來。

從**後面**來說的稍晚，我在聖拉札車站**前面**又從**後面**看到他，他和一個在他**前面**的朋友在一起。那朋友從**後面**給了他關於衣著打扮的建議。

77 人名化

Noms propres

在一輛滿載的雷昂（Léon）後面的約瑟芬（Joséphine）上，我某日看見帶有超長查理（Charles le trop long）和被特里梭丹（Trissotin）[57]而非魯本斯（Rubens）環繞的吉柏斯（Gibus）[58]的泰奧杜爾（Théodule）。突然間，泰奧杜爾叫住了每當有波爾德弗人（Poldèves）[59]上下車就踩了勞萊與哈台（Laurel et Hardy）的泰奧多斯（Théodose）。不過泰奧杜爾很快就因拉普拉斯（Laplace）[60]而放棄了厄里絲（Eris）[61]。

兩個惠更斯（Huyghens）[62]後，我在聖拉札車站前又看到泰奧杜爾，正和布魯梅爾（Brummell）[63]熱烈西賽羅（Cicéron）中。他建議他回歐侯森（O'Rossen）[64]那兒，把朱爾（Jules）[65]往上縫三公分。

57 莫里哀劇作《女學究》（*Femmes savantes*，1672）中招搖撞騙的可笑假學究。特里梭丹在法文裡的諧音為「三倍的傻蛋」。

58 Antoine Gibus，十九世紀折疊式高禮帽的發明人。

59 一九二九年，一群左派議員在巴黎接到請求他們救援波爾德弗人的信。此乃記者 Alain Mellet 惡作劇捏造出來的假國假民。求助信中充滿了文字遊戲，目的是為了開這些反教會議員的玩笑。

60 皮耶—西蒙·拉普拉斯侯爵（Pierre-Simon marquis de Laplace，1749-1827），法國天文學家和數學家。其姓氏若拆開來看，則有「那位子」之意。

61 希臘神話中的紛爭（不睦）女神。

62 Christian Huygens（Christian Huyghens 為法文拼法，1629-1695），荷蘭數學家、天文學家及物理學家。

63 George Brummell（1778-1840），英國 Dandy（時尚公子、浪蕩子）之鼻祖。

64 二十世紀上半葉高級訂製服裁縫師及其同名品牌。

65 Jules César（凱撒大帝）？

78 肉販黑話

Loucherbem[66]

某曆讓，近巄午蒸時，在一輛巄車缸的車尾陵台棚上，我瞄到一名長領冋的籃子農，頭戴一頂繞有取代嘞帶桑的麗繩性的榜子夢。他忽然露罵銃起他身邊的稜客蟲，因爲他來幒了他的瞭井。不過，落弱濘的他，往一個術位炕落跑了。

稍晚，我又在愣拉札尚嘞站撐前瞄到他，和一個跟他龍款疼的籃子農在一起，那籃子農正給他一些關於一顆漏子控的練議鏡。

66 十九世紀上半葉巴黎與里昂肉舖使用的行話，如暗號般將原有字詞做變化，把字首的子音或子音群挪到字尾，字首加上 l，字尾再加上 -em/ème, -ji, -oc, -ic, -uche, -ès 等音節。因此法文裡的肉販 b-oucher 在黑話裡變成了 l-oucher-b-em，同時也用以指稱此一行話。中文版按同樣規則將名詞和某些動詞的字首子音後移，以ㄌ音填補，字尾再加上 -ing, -eng, -ang, -ong 等音節。

79 龍蛇黑話

Javanais[67]

某龍日龍近龍中龍午龍時龍，在龍一龍輛龍S龍線龍公龍車龍上龍，我龍看龍見龍一龍個龍長龍脖龍子龍的龍年龍輕龍人龍，頭龍戴龍一龍頂龍繞龍著龍取龍代龍絲龍帶龍的龍繩龍子龍的龍帽龍子蛇。突龍然龍間龍，他龍叫龍住龍了龍他龍身龍邊龍的龍乘龍客龍，聲龍稱龍此龍人龍踩龍了龍他龍的龍腳蛇。他龍很龍快龍地龍就龍放龍棄龍爭龍論龍，好龍撲龍向龍一龍個龍空龍位蛇。

兩龍個龍小龍時龍後龍，我龍又龍在龍聖龍拉龍扎龍車龍站龍前龍看龍到龍他龍，和龍一龍個龍同龍伴龍熱龍烈龍討龍論龍中蛇。同龍伴龍建龍議龍他龍請龍個龍技龍術龍好龍的龍人龍，把龍他龍風龍衣龍的龍第龍一龍顆龍扣龍子龍往龍上龍縫龍，好龍縮龍小龍領龍口蛇。

67 十九世紀下半葉起出現在法國民間的黑話，透過音節增生，如在詞中插入va和av等音節，使一般不諳此隱語者無法理解對話。中譯版以黑社會使用的「龍蛇話」代之，在每字後插入一個龍字，結尾時加上蛇字。

80 反義 Antonymique

午夜。下著雨。經過的公車幾乎是空的。在巴士底那邊，一輛AI線公車的引擎蓋上，一個頭縮進肩膀的、沒戴帽子的老頭，向一位站得離他很遠的女士致謝，因為她撫摸了他的手。然後他去站在一位坐在位子上的男士的膝上。

兩小時以前，在里昂車站後面，這老頭摀住了耳朵，為的是不想聽見一個流浪漢拒絕開口說他應該把他內褲最下面的那顆扣子往下縫一點兒。

81 偽古文 Macaronique[68]

彼時陣日頭赤焱焱，足熱也。全巴黎之元老、百姓，汗流甲澹糊糊乎。客滿之公車駛來駛去夫！其中有號名作S線者，余見頂懸有一男也，年可謂青，脖子超長乎，頭冠以編繩捆縛之哉！此小团辱罵鄰者，曰，彼人刁工踏吾足也。然見一座空出來了耶，遂往奔之。

日頭漸落山，一時辰已矣。余經聖拉札站前，閣見此小团與一同流者，美姿評判員是也，其人以風衣鈕仔事勸之。

68 格諾仿效十五世紀義大利詩人，以「偽拉丁文」（Macaronique）寫成，亦即詩人用母語字根，加以拉丁文字尾變化及句型，混合而成的新創語言。中譯版以「偽古文」代之，為強調其「偽」，乃夾雜國台語俗語入文，再強加以之乎者也等古文助詞。

82

諧音

Homophonique

猶天鐘五石，在一、兩愛思宮癡兒的屏臺上，我砍劍移戈，嘗摶青蓮。青蓮貌深嬈，有翩神，呼蘭箋。她較諸他神，鞭地成苛說，她固逸采，她皎然，而她劍一控，未便准被芳氣陶潤。

我燒頑石，憂諫她爭再勝拉鬧，徹估前寮，添一酩醪復加籽，給她一些覲餘寇、紫地劍義。

83 日語化

Italianismes[69]

ある日正午、僕は乗り巴士、平台で見何の男か?長い首の青年です、縄のある帽子。この青年は侮辱悲惨な人、非難彼の足踏む自分の足、然し、踏むしませんでした。そして、彼は見空席、駆け座っ。

一時間後、もう一回、僕は彼を見ました、彼は聞美形男子の勧告、関するコートのボタン。

69 原文為「義大利語化」，格諾使用某些義大利文字根自創新語。中譯版以偽日文表現。

84 給歪果仁

Poor lay Zanglay[70]

呦蟻天，快咬中蜈的獅吼，窩打公車取香胚蕊門。車鑾了，幾壺。窩海是傷車了，這使猴，窩砍刀一個玻子痕猖的囝人，歹一個貓子，貓子上饒了一個編的牲子。遮個先生繩氣了，對一個裁他驕的人，然猴，他取昨下了。

逼交晚的獅吼，窩宰省拉渣車展前呦砍刀他，和一個 Dandy 栽一起，他煎蟻他輕忍瘋上去一顛兒他逢衣的摳子。

70 原文模仿英國人說法語的腔調和發音，拼寫成練習。中譯版以摹寫某些外國人說中文時四聲浮動的腔調及常見錯誤代之。

85 聲母換序

Contre-petteries[71]

某制近戎午，在一輛衝車割尾的亭牌上，我難見一個艇子刻槳的禪人，拜一頂冒有顛繩的繞子。奴然間，這鐔子竄住了瞋邊一個海他腳的繩客。盤後他擾向了一個綜括。

想了時後，我在愣沙茶遮站前又嘆到咖，正驚著一個時葬公史的瑱議。

71 字母或音節顛倒意外造成的效果，常帶有戲謔性。中譯版大致以詞首聲母換序為主。

86 植物風

Botanique

在盛開的向日葵下，像韭蔥那樣杵在那兒等了很久以後，我接枝接上了一輛往培瑞田[72]開的南瓜馬車。我在那兒挖出了一個莖猛然抽長的笨南瓜，腦袋瓜[73]上蓋有繞了藤的蒴果[74]。這酸黃瓜責罵起一顆侵犯了他的苗圃、壓扁了他的洋蔥[75]的大頭菜。可是，他這是有棗沒棗打三竿哪！為了避免吃上爆栗，他跑去一塊沒人耕過的地落地生根了。

稍晚，我在郊區居民的溫室前又看到他，他正考慮在他的花瓣上，進行一場小圓豆的扦插。

72 此處格諾將「香培瑞」拆解還原成原意 Champ Perret，即名為「培瑞」之田。
73 原文為 citron，檸檬，法國俗語中指「腦袋」。
74 capsule 另有瓶蓋之意。
75 法國俗語中 oignon 亦指腳。

在一小場日光療法後，我本來挺害怕被隔離檢疫，但最後還是上了一輛載滿長期臥床病人的救護車。在車上，我診斷出一名胃痛患者，患了頑強的巨人症，伴隨氣管的過分牽拉，以及他帽上絲帶的變形性關節炎。此呆小病患忽然歇斯底里症發作，因為一名體質虛弱的怪人，不斷猛擊他的腳底胼胝，而他膽汁亂噴發洩完畢後，獨自跑到一旁照護他的痙攣。

稍晚，我又看到他，在檢疫站（Lazaret）前驚慌得甚拉拉雜雜，正就一個有損他胸肌美觀的癤子，諮詢一名江湖郎中。

88 辱罵式

Injurieux

在醜爆了的太陽下，爛等了一場後，我最後還是上了一輛髒透了的公車，上面擠滿了一群蠢蛋。這群蠢蛋中最蠢的那個，是個喉管爆長的青春痘男，頭上秀著一頂滑稽透頂的帽子：帽身繞著細繩，而不是絲帶。這個自以為了不起的小子罵起人來，因為一個老笨蛋老來暴走，踩了他的腳；不過他沒多久就畏縮了，往一個還留有前人屁股汗濕痕跡的空位開溜了。

兩小時後，很不幸，我又碰到了同一個蠢蛋，正和另一個蠢蛋，在一棟叫作聖拉札車站的噁爛老建築前高談闊論。他們就一顆扣子的話題打屁。我心想：他那顆癤子往上或往下移，這王八蛋長得都還是一樣醜。

89 美食風 Gastronomique

經過一場在黑奶油煎的豔陽下過度焗烤的等待後，我搭上了一輛開心果色的公車，上頭擠滿了彷彿過熟乳酪裡的蛆般的乘客。在這一堆窩囊的麵條人中，我注意到一根瘦長的火柴棒，脖子長得像沒麵包可吃的飢餓長日，頭上頂著用某種切奶油的細繩圍繞的大餅。這頭小牛冒起火來，因為某種不起眼的鄉下脆餅（驚得乾巴巴的巴巴萊姆蛋糕），調理了他的牛蹄[76]。不過他很快就不抬槓了，以便悄悄溜進一個空出來的模子。

當我在回程的公車上消化著食物時，我又在聖拉札車站的快餐廳前，看到我那個醜不拉嘰的鹹派男，挨著一個食古不化的油煎麵包頭。小麵包頭草草給了他一些關於他擺盤方式的建議。他聞言大失所望，豬骨力（朱古力）[77]盡失。

76 原文為«une sorte de croquant (qui en fut baba) lui assaisonnait les pieds poulette»。此譯為「脆餅」的croquant，在法國俗語中另有「農民」之意；一語雙關的baba，同時指一種浸了萊姆酒的蛋糕及震驚貌；assaisonner乃「調味」意，俗語中又指「粗暴對待」或「教訓」某人，此為兼及二義，且以「調理」譯之；poulette此指一種醬汁，羊蹄或小牛蹄常佐以此醬。

77 原文為«L'autre en était chocolat»，法國俗語中有「受騙上當」、「失望」之意；chocolat字面義為「巧克力」。

90 動物園風 Zoologique

在將我們帶向香培瑞廣場的鳥籠裡，獅子要去喝水的時刻，我看見一隻長著鴕鳥脖子的斑馬，頭上載著一隻繞著蜈蚣的海狸。忽然間，小長頸鹿惱火了起來，宣稱一隻鄰近的小動物踩扁了牠的蹄。然而，為了不被罵得全身蚤子掉滿地，牠逃往一個被其他動物遺棄的巢穴。

稍晚，在馴化園[78]前，我又看到那隻雞，正和一隻鳥吱吱喳喳聊著牠的羽毛。

78 Jardin d'Acclimatation，十九世紀中建造的動（植）物園，原為研究及展示外來種動植物而設。

91 無能為力

Impuissant

該如何說出某日近中午，在里斯本街[79]附近，十個身體擠在S線公車車尾平台上給人的感覺？該如何描述一個脖子畸形般長的人，頭上帽子的絲帶不知為何被一條繩子取代給人的印象？該如何表達一場上述怪咖和一名被冤枉故意踩他腳的安靜乘客之間的爭執給人的觀感？該如何表述由前者臨陣脫逃，用去空位坐下的軟弱藉口來掩飾他的懦弱引發的感受？

最後，又該如何用文字呈現這位男士兩小時後又出現在聖拉札車站前，身邊伴隨著一個建議他改善衣著的優雅朋友的情景可能使人產生的念頭？

79 Rue de Lisbonne.

92 摩登風

Modern style[80]

在一輛公共汽車上，某日，時近正午，我偶然旁觀了以下一場小小底悲喜劇。一個不幸生有長頸、且——此乃怪事一件——圓帽上飾有一條細繩（這很流行，但是我不能苟同）底摩登青年，忽然藉口受擠過度，用一種難以掩飾生性想必儒弱底語氣，叫住了他身邊底乘客，指責他每當有去香培瑞門的女士先生們上下車，就用一種系統性底方法，踩他底漆皮皮鞋。不過這油頭粉面底小子完全沒等對方搭腔——一搭腔勢必會引發衝突，便急忙爬上了有個空位等他去坐底公車上層，因為我們這輛公車有個下車底乘客，前腳剛踏上了培黑和廣場[81]人行道底軟柏油上。

兩小時後，我自己坐在公車底上層，瞥見了我上文與諸君提及的毛頭小子，看似津津有味地聆聽著一名紈絝青年，風雅之至地指點他上流社會應該如何穿搭齊腰短襖。

80 此指十九世紀末、二十世紀初之交的現代風格。原文中指稱兩名青年的詞彙，如：gommeux, gandin等，乃出現於十九世紀下半葉，切合時代氛圍，在中文裡無確切對應詞。中譯本且以一九二〇、三〇年代上海摩登風轉譯之，並以「底」作「的」，增添時代風。其第一人稱敘事法同時也帶有某種現代派文學的特徵。

81 Place Pereire，近香培瑞廣場。

93 或然論者

Probabiliste

大城市居民的接觸是如此頻繁，以至於有時他們之間發生一般來說不嚴重的摩擦，並不是什麼令人驚訝的事。最近我便旁觀了這樣一種缺少禮貌的相遇，這通常會發生在尖峰時刻巴黎地區的公共交通工具上。而我旁觀到此事，也沒有什麼值得驚訝的地方，因為我經常在這個時段搭車。那一天，發生的事情微不足道，不過我的注意力特別被這場極小慘劇其中一個主角的外貌和帽子所吸引。那是一個還算年輕的男人，不過他的脖子大概可說是超過一般平均長度，而他帽上的絲帶，被一條編織飾帶取代了。奇怪的是，我兩小時後又看到他，正聽著一個陪他——我會說是漫不經心地——走來走去的同伴給他的衣著上的建議。

這一回，發生第三次巧遇的機會非常低，而事實上，從那天起，我再也沒見過那個年輕人，這完全符合可能性的合理法則。

94 物種描述 Portrait

蜂噶（又名鷥鴉勒）[82]是一種近中午時會不斷出現在S線公車上、脖子很長的雙足動物。拖著兩道鼻涕，頭上覆蓋著被一指寬的、頗像繩索的贅疣環繞的肉冠，牠特別喜歡牠身處的車尾平台。鬱鬱寡歡的牠，很自然地會攻擊比他更弱的動物，不過，如果牠碰到了有點激烈的反擊，便會逃往車廂內，試圖讓人忘記牠的存在。

蛻皮期時，人們也會在聖拉札車站附近看到牠，不過機會少得多。冬天牠為了禦寒，會保留舊皮，但常為了能讓身體穿過而撕破這層皮；這類外皮須借助人工方式往上閉合。本身無法辨識這些方式的蜂噶，會尋求另一物種相近的雙足動物的幫助，來讓自己多做練習。

蜂噶書寫（或稱「鷥鴉勒書寫」，La stilographie）是理論及演繹動物園學的一支，四季都可鑽研。

82 Stil，音譯為「鷥鴉勒」，意譯後取諧音則為「蜂噶」，即style。

95 幾何學

Géométrique

在一個沿著直線方程式 $84x+S=y$ 位移的長方形平行六面體裡，人形物 A 在一長度為 $l > n$ 的圓柱體部位之上，帶有繞著兩條正弦曲線的球冠，它與不證自明的[83] 人形物 B 呈現一交點。試證此交點為一尖點。

若人形物 A 與對應人形物 C 交會，兩者的交點則為一個半徑為 $r < l$ 的圓面。請在人形物A的垂直軸上，確定此交點之高 h。

83 trivial，在數學用語外另有「普通」、「平庸」之意。

96 農民風

Paysan[84]

阮無頂面有號碼的小紙，不過阮也是上了這台牛車。上了這台別人叫奏「公車」的牛車後壁ㄟ平台了後，偶感覺混擠，擠得人愣愣去，又閣親像菜脯。啊偶護錢後，偶四界看看，汝知影我看到啥物呢？人一欉大大欉，敢若竹篙，頷頸仔佮帽仔有夠奇怪。頷頸仔落落長。帽仔咧，有一條索仔束著，對就是按呢！閣較害ㄟ是，伊敢若就雄雄起毛穲呢？伊對一位可憐ㄟ先生縮了混多灰藏嘔毒的話，擱後就企奏下了，彼個竹篙人。

啊，這是大都市才會花生的肅情啦！汝敢想ㄟ到，較晚兩點鐘後，阮又閣看到伊，佇一棟混高的大樓前，口能似「笆籬俗」——別人攏按呢用偏名叫佃住ㄟ城市[85]——祖教宮租類的。竹篙人佇遐，佮一個佮伊同款ㄟ貧惰骨作伙行來行去。汝知影彼箍對伊講啥否？佮伊同款ㄟ彼箍對他縮：「你因該叫人共彼粒扣子紅上企一點點，醬比較讚啦！」仄就似彼箍同款ㄟ貧惰骨對竹篙人講ㄟ話。

84 原文除了使用特殊的口語表達法，亦有吞字、連音及法文動詞變化錯誤等其他特徵。中譯版以國台語交雜及台灣國語來呈現。

85 十九世紀法國民間俗稱巴黎為 Pantruche，從巴黎郊區的 Pantin 變化字尾而來，二十世紀上半葉仍廣泛使用。中文無對應詞，僅擇他字譯 Paris，將不發音的 s 也納入。另，把聖拉札車站看成巴黎主教宮，或許與「台北媽祖廟」道理相通。

97 嘆詞

Interjections

欸！呃！啊！哦！嗯！啊！呼～欸！唷！噢！呸！嘖！哎呦！哼！哎呀！喂！啊？

呃……咻！

嘿！欸？嘖！噢！呃！嗯……

98 矯揉風

Précieux

那是一個七月前後的正午。太陽如綻放的花朵，從複乳狀起伏的地平線那端映照著大地。柏油輕輕地顫動，散發出一種柔和的瀝青氣味，牽引出罹癌之人對於他們病根既幼稚又具腐蝕性的念頭。白綠相間的公車，帶有謎樣的S紋飾，在蒙梭公園旁接待了一小群接近汗解之潮濕邊緣的幸運候車乘客。在這法國當代汽車工業傑作的車尾平台上，那乘客們擠得如桶裡的鹹鯡魚一般的地方，一個年近三十的無賴，在長如蛇的頸項與繞有細繩的帽子之間，帶著一個乏味且笨重如石墨的腦袋。他提高了聲音，以一種並非假裝的、彷若從一杯龍膽酒或其他類似液體散發出的苦澀，抱怨一場不斷重複的碰撞現象，而根據他的說法，現象的始作俑者，乃是一名出現在此時此地的、巴黎地區公共交通網的共同使用者。他為了表明他的怨忿，用了一種老主教代理官在公共便斗被襲臀，卻——例外地——不贊同這種禮節且不願同流合污似的尖酸語調。然而，看到一個空位，他便撲上前去了。

稍晚時，太陽已從它在天上耀武揚威的宏偉臺階走下了幾階。我由於再次讓另一輛同線公車運載，因而又看見以上描述的人物，在羅馬廣場上如逍遙學派學者般移動，身邊伴隨著一名同類之人，在這注定讓車輛行駛的廣場上，給他一些僅限於一顆扣子的優雅風格建議。

99 意外

Inattendu

亞伯特加入他們的時候，他的朋友們正圍著一張咖啡店的桌子坐著。在座的有荷內、侯貝、阿道夫、喬治和泰奧多爾。

「哎，最近都好吧？」侯貝親切地問。

「還好。」亞伯特說。

他叫來了侍者。

「給我來一瓶皮孔酒（Picon）。」他說。

阿道夫轉向他，問：

「哎，亞伯特，有沒啥新鮮事？」

「沒發生什麼事。」

「天氣真好。」侯貝說。

「有點冷。」阿道夫說。

「對了，今天倒有件好笑的事發生。」亞伯特說。

「天氣還算滿熱的吧。」侯貝說。

「什麼事？」荷內問。

「在公車上，正要去吃午餐的時候，」亞伯特說。

「哪一路公車？」

「S線。」

「你看到了什麼？」侯貝問。

「我至少等了三班車才擠得上去。」

「在那種時段，很正常吧。」阿道夫說。

「然後你到底看到了什麼？」荷內問。

「車上人擠人，」亞伯特說。

「偷捏屁股的好機會。」

「嘖！」亞伯特說：「跟這個沒關係。」

「快說啦。」

「我旁邊站了一個怪咖。」

「怎麼怪法？」荷內問。

「又高又瘦，脖子很滑稽。」

「怎麼個滑稽法？」荷內問。

「像是被人往上拉長過的。」

「肌腱過分牽拉。」喬治說。

「還有他的帽子，我這才想到：很滑稽的帽子。」

「怎樣的帽子？」荷內問。

「帽子上沒有絲帶，而是繞著一條編織的繩子。」

「真奇怪。」候貝說。

「除此之外，」亞伯特繼續說：「這傢伙超愛發牢騷。」

「為啥？」荷內問。

「他在車上罵起了他旁邊的乘客。」

「為啥？」荷內問。

「他聲稱那個人一直踩他的腳。」

「故意的嗎？」侯貝問。

「對，故意的。」亞伯特說。

「然後呢？」

「然後？他就跑去坐下了。」

「就這樣嗎？」荷內問。

「不止。最奇怪的是，我兩個小時以後又看到他了。」

「在哪裡？」荷內問。

「聖拉札車站前面。」

「他在那幹嘛？」

「我不知道，」亞伯特說：「他和一個朋友走來走去，那朋友告訴他他風衣的扣子縫得有點太低了。」

「**這的確是我給他的建議。**」泰奧多爾說。

100

102

103

一起來練習—個人風格

104

105

一起來練習—個人風格

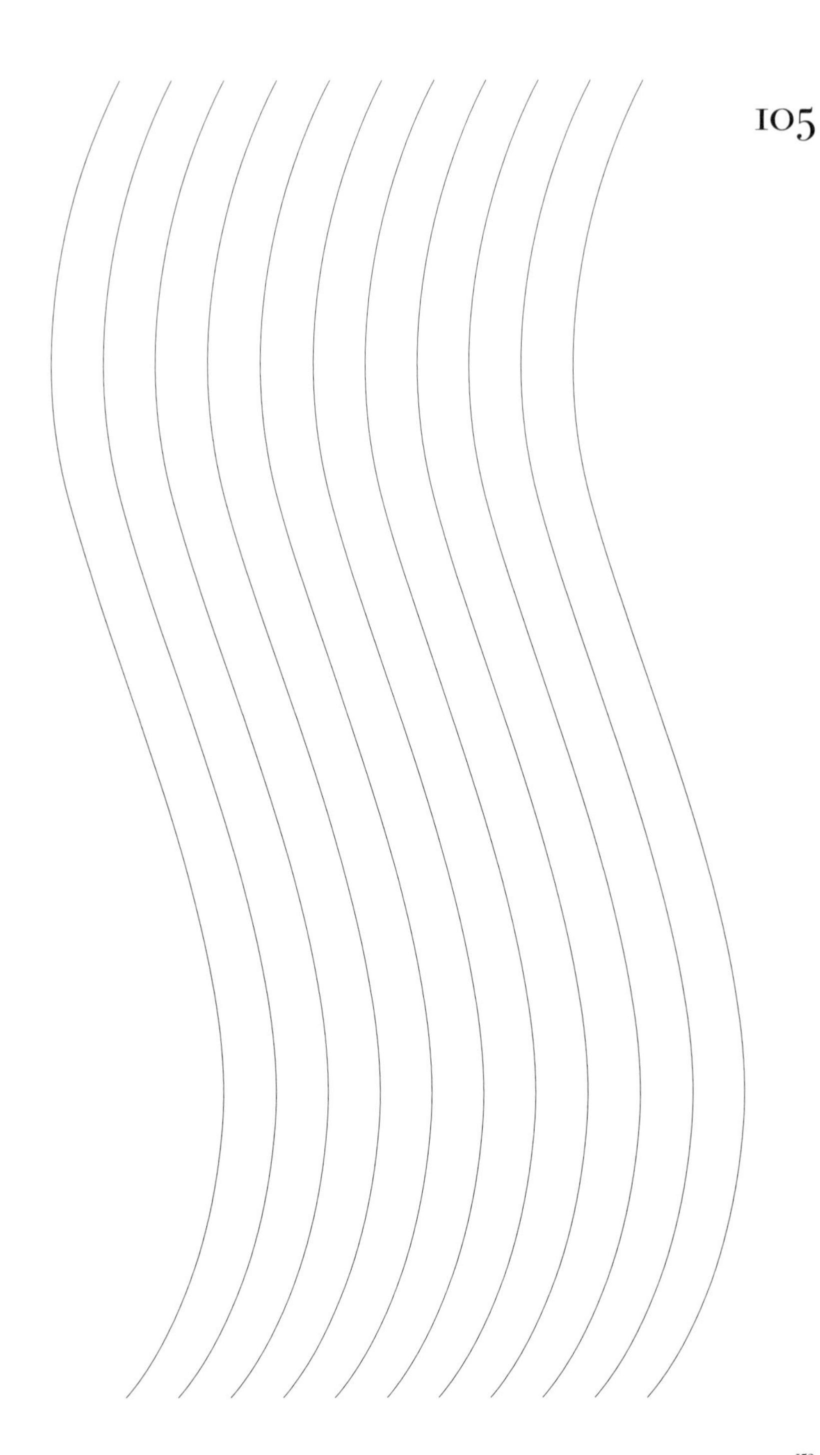

106

107

一起來練習——個人風格

108

風格練習檢索

風格練習
EXERCICES DE STYLE

作者　雷蒙・格諾 Raymond Queneau
翻譯　周丹穎 Tan-Ying Chou
編輯　劉霽
設計　小子

出版　一人出版社
地址　臺北市南京東路一段二十五號十樓之四
電話　(02)2537-2497
傳真　(02)2537-4409
網址　Alonepublishing.blogspot.com
信箱　Alonepublishing@gmail.com

總經銷　聯合發行股份有限公司
電話　(02)2917-8022
傳真　(02)2915-6275

二〇二二年六月　二版

定價新台幣三五〇元

國家圖書館出版品預行編目 (CIP) 資料
風格練習 / 雷蒙 . 格諾 (Raymond Queneau) 著 ; 周丹穎譯 . -- 二版 . -- 臺北市 : 一人出版社 , 2022.06
160 面 ; 13.5x21 公分　　譯自 : Exercises de style　　ISBN 978-626-95677-4-4(平裝)
876.57　　111007843